奥威尔作品全集

·奥威尔纪实作品全集

《巴黎伦敦落魄记》

《通往威根码头之路》

《向加泰罗尼亚致敬》

·奥威尔小说全集

《缅甸岁月》

《牧师的女儿》

《让叶兰继续飘扬》

《上来透口气》

《动物农场》

《一九八四》

·奥威尔散杂文全集

奥威尔杂文全集（上、下）

奥威尔书评全集（上、中、下）

奥威尔战时文集

George Orwell

奥威尔纪实作品全集

通往威根码头之路

The Road to Wigan Pier

[英]乔治·奥威尔 著

陈超 译

上海译文出版社

第一部

第一章

每天清晨，我最早听到的声音，是磨坊的女工们穿着木屐，踩过鹅卵石街道发出清脆的哒哒声。比那更早的声音，我猜是工厂开工的哨声，但我从来没有那么早醒来，未能亲耳听到过一次。

我的卧室住四个人，与其说是卧室，不如说是狗窝，里面永远是脏兮兮的，看了就睡不着。许多年前，这间房子原本是平常的住家，后来布鲁克一家买了下来，将它改造成内脏店兼出租屋。布鲁克一家从以前的屋主那儿继承了好几件报废的旧家私，却没有精力将它们搬走，所以我们只好委屈睡在原本应该是客厅的房间里。天花板挂着一盏沉重的玻璃吊灯，积着厚厚的一层灰，看上去像一层羽毛。一样庞大而丑陋的东西占据了一堵墙的大部分面积，似乎是餐具柜，又似乎是衣帽架，上面有许多雕刻花纹、小抽屉和好几面镜子。房间里有一张地毯，原来应该很华丽，但如今却在周围堆满了污水桶。另外还有两张抛光的椅子，椅面都裂开了，以及一张旧式的马毛扶手椅，坐上去只会滑倒下来。这个房间被改造成卧室，硬生生地塞进四张肮脏的床，和这些废品堆放在一起。

我的床在靠门的右上角，在床的下方横放着另一张床，挨得非常紧（只有这样摆放，房门才能打开），因此我只能蜷曲着腿睡觉，如果我伸直双腿，就会踢到下面那个住客的脊背下方。他是一位老人，名叫雷利先生，职业是一名机修工，在附近一座矿场的地上作业。幸运的是，雷利先生每天早上五点钟就得上班，在他走后我可以乘机伸直双脚，好好睡上几个小时。对面床铺的住客是一个苏格兰矿工，在一场矿洞事故中受了伤（一块大石压在他身上，过了好几个小时才被搬开），得到了五百英镑作为赔偿。他大约四十来岁，体格健壮，相貌英俊，头发灰白，蓄着整齐的络腮胡子，看上去并不像矿工，更像是一位军队教官。每天他会躺在床上直到日上三竿，悠闲地抽着短烟管。另外一张床留给临时的客人，主要是旅行者、报纸推销员和商品推销员，这些人通常只会在这里住上几晚。这是一张双人床，算得上是房间里最好的一张床。第一个晚上我就是在这张床上睡的，但很快就被赶走，把床腾给别的住客。我相信，所有的新住客第一晚都睡这张双人床。可以这么说，这张床是房东吸引客人的"诱饵"。房间里的窗户都紧闭着，下面还顶着一个红色的沙包，每到早晨，房间就像鼬鼠的笼子一样臭气熏天，起床时不怎么觉得，但一旦走出房间再回去，臭气就会扑面而来，像被人蒙头敲上一棍。

我一直不知道这座房子到底有多少个房间。奇怪的是，这里竟然有一间浴室，是在布鲁克一家搬进来之前就有的。楼下是常见的客厅兼厨房，每天从早到晚火蒸火燎，炎热不堪，却只有一个天窗采光，因为房间的一边就是店面，而另一边就是贮藏室，里面挖了漆黑的地窖，存放着内脏。一张沙发顶着贮藏室的门，我们的女房东布鲁克夫人一直裹着污秽的毛毯，病殃殃地躺在上面。布鲁克夫人长着一张苍白发黄的大脸，面容焦虑忧伤，没有人知道她到底得了什么病，我猜她真正的毛病是暴饮暴食。在壁炉前面总是晾着一排洗过的衣服，房间的中央摆放着一张大大的餐桌，布鲁克一家和所有的住客都会在这里用餐。我从未见过这张餐桌原本的样子，只见过上面在不同的时候铺着的不同的桌布。在最底下是一层旧报纸，上面蘸满了伍瑟斯特辣酱，在报纸上面是一层油腻腻的白油布，白油布上面是一层绿色的哔叽布，哔叽布上面是一层腐烂的亚麻布，但从没有人将其换掉或拿走。通常，早上遗留的面包屑到了晚上还会在那里。我认得出每一片面包屑，看着它们日复一日地在饭桌上上下下地挪动。

店面里狭窄阴冷。在窗户的外面还印着几个白色的字母，是很早以前的巧克力广告留下的，好像散落的星星。店面里有一片厚木板，上面摆着几大块白色的内脏，灰扑扑、长着绒毛、名字叫"黑百叶"的东西，还有恶心的半透明的猪蹄，都已煮好待售。这是一间寻常的售卖内脏与豌豆的小店，除了面包、香烟和罐头之外，别的东西存货不多。窗户上打出了售茶的广告，但如果有顾客要喝一杯茶的话，老板会找出种种理由推搪。布鲁克先生原本是个矿工，但已经失业两年了。他与太太半辈子经营了许多不同的生意作为副业，经营过酒馆，但因为在店里纵容赌博而被吊销了执照。我怀疑他们每次经营都以赔本告终，这对夫妇做生意似乎纯粹只是为了有事情做，可以发发牢骚。布鲁克先生肤色黝黑，个头矮小，脾气阴郁，看上去像爱尔兰人，身上非常肮脏，我从未见过他的手是干净的。由于布鲁克太太行动不方便，他一手包办了所有的伙食。就像所有手不干净的人一样，布鲁克先生特别喜欢摆弄东西，还很拖拉。如果他给你一片黄油加面包，上面总是会留下黑漆漆的大拇指印。每天清晨他钻进布鲁克太太躺着的沙发后面那间阴森的地下贮藏室拿出内脏时，他的手就已经是黑的了。我从别的住客那里听说了不少关于贮藏室可怕的传闻，据说那里长满了黑甲虫。我不清楚店铺会隔多久预订新鲜内脏，但时间的间隔非常久，因为布鲁克太太总是以进货时间来推算日期，"让我想想，从上回到现在我订了三批冻品（冷冻内脏）"，诸如此类。我们住客从没吃过店里的内脏，原本我以为这是因为内脏很贵，后来我想这是因为我们住客知道的内情太多。我还注意到，布鲁克一家也从不吃这些内脏。

常住在这里的住客是那位苏格兰矿工、雷利先生、两位领养老金的老人和一位失业的男士。他名叫乔伊，在公共援助委员会领救济金——他是那种没有姓氏的浪子。认识之后，你会发现那个苏格兰矿工非常烦闷无趣。和许多失业的人一样，他靠读报纸消磨时光。如果你不找借口离开，他会花上好几个小时发表长篇大论，题材涉及黄祸论、车厢藏尸案、天文学以及宗教与科学的矛盾。与其他人一样，那两位领养老金的老人接受工作能力测试后被赶出家里。他们将每周领到的 10 先令养老金全数交给布鲁克一家，换来的就是 10 先令可以得到的住所：睡的是阁楼，吃的是黄油面包。其中一位老人待遇稍好一些。他身患恶性重疾。我猜应该是癌症。只有在领取养老金的日子他才会起床。另一位老人大家都叫他"老杰克"。他七十八岁，以前是一位矿工，在矿洞里工作了五十多年。老杰克为人机警睿智，但奇怪的是，他只记得自己童年时的经历，将现代矿业机械与技术改良忘得一干二净。他经常跟我讲述在狭窄的地下矿道与野马搏斗的事迹。当他听说我准备下矿井时，脸上露出轻蔑不屑的表情，大声宣称，像我这种个头的男人（六英尺二英寸半①）根本没办法在矿井下行走。无论我怎么跟

---

① 六英尺二英寸半约合 1.97 米。除非特别注明，文中所有的注释均为译者注。

他解释如今矿井下的通行状况比起以前已大有改善，他都嗤之以鼻。不过，老杰克待人非常友善，每晚临睡前，他会大声跟我们说"晚安，孩子们"，然后爬上横梁下边的床铺就寝。我最钦佩老杰克的一点是，他从不占人便宜。每到周末，他总会抽完自己的烟草，但他从不跟别人讨烟抽。布鲁克一家为两位老人买了人寿险，一星期付六个便士。听人家说，这两夫妇总是忧心忡忡地问保险推销员，"得了癌症的人还能活多久？"

和那个苏格兰矿工一样，乔伊喜欢读报纸，每天都去公共图书馆里消磨时间。他是那种典型的未婚失业的男人，衣衫褴褛，不修边幅，长着一张孩童一般的圆脸，总是带着天真顽皮的表情，看上去像个没人照顾的小男孩，而不像一个成年男人。我猜想，可能是因为这类男人缺乏责任感，才使得他们看上去要比实际岁数年轻。从乔伊的外表看，我估计他大约二十八岁上下，后来我惊讶地了解到，他已经四十三岁了。他喜欢押韵的句子，对自己机警地逃避婚姻感到非常骄傲。他经常对我说，"婚姻其实就是一条锁链。"他很自鸣得意，觉得这句话蕴含了微言大义。他的收入每周只有微薄的15先令，得付6、7先令的床位费给布鲁克一家。我经常看见他借厨房的火给自己泡一杯茶，除此之外，他在外面解决自己的吃饭问题，我猜想通常都是些面包加人造黄油、烤鱼和薯片之类。

除了这些房客外，还有流动频繁的比较穷苦的商业旅人、流浪艺人——在北方有许多流浪艺人，因为许多大酒馆每逢周末都会请艺人进行表演——和报纸推销员。以前我从未遇见过报纸推销员，在我看来，他们的工作实在是太可怕太令人绝望了。我很奇怪，为什么会有人从事这份职业，与其打这份工，还不如去蹲监狱。他们的雇主大部分是周刊或星期天发行的报纸，他们得一个城镇接着另一个城镇不断奔波，手里拿着地图和一份每天必须完成的街道的名单。如果他们没办法完成一天最少订阅20份报纸的任务，就会被报社开除。而要是他们能完成20份报纸以上的任务，他们就能领取微薄的报酬，我想，大概是一周两英镑，超过20份以上的，他们还能获得一点提成。任务听上去很难，但其实并非不可能完成，因为在工人阶级居住的区域里，每家每户都会订阅一份两便士的周报，每隔几个星期就会换一份报纸。不过，我怀疑是否有人愿意长期从事报纸推销员这份工作。报社通常会雇一些穷困潦倒的人、失业的文员或商业旅行者。他们一开始会非常卖命，达到任务的最低限额，接着，繁重的工作令他们精疲力竭，于是报社将他们开除，重新雇一批新人。我认识两位报纸推销员，受雇于最声名狼藉的一份周刊。两个人都是中年男人，需要养家糊口，其中一位还是家里的祖父。每天他们得站十个钟头，在指定的街区里走动，到了深夜还得填写空白的表格，完成报社安排的欺诈陷阱——其中一套把戏是，你预订六周的报纸，寄一张两先令的邮政汇票，就可以获得一套餐具。那个稍胖一些的推销员，即那位祖父，经常半夜枕在一堆表格上睡着了。布鲁克一家提供包膳食的住宿，一周收一英镑，但两人都支付不起，只能付一小部分钱作为床位费，悄悄躲在厨房的角落里自己做饭，吃的是自己带在旅行箱里的熏肉和面包加人造黄油。

布鲁克一家有好几个儿女，大部分早已离开家庭出外谋生。有几个去了加拿大，因为布鲁克太太总是唠叨着，"在加拿大呢。"只有一个儿子住在他们的小店附近，他年纪轻轻，胖得像头猪，在一间修车厂上班，经常到家里蹭饭吃。他老婆带着两个小孩，整天也在店里，和埃米一起负责做饭洗衣。埃米是布鲁克家的未来儿媳妇，未婚夫在伦敦。埃米长着金黄色的头发和尖尖的鼻子，一脸忧郁的表情，在一家磨坊工作，工资连温饱都谈不上。每天晚上，埃米会到布鲁克家里干活。我猜想，这门亲事总是一而再，再而三地推迟，或许永远也成不了。不过布鲁克太太一早就把埃米看成是自家的儿媳妇，总是以病恹恹的人那种挑剔而慈祥的态度对她絮絮叨叨。剩下的家务由布鲁克先生一手包办，或根本不干。布鲁克太太很少从厨房里的沙发上起身（白天和晚上她都躺在沙发上），她的身体实在是太虚弱了，但食量却又十分惊人。布鲁克先生一个人料理店务，给房客做饭并收拾床铺。他总是动作格外迟缓地做完一件讨厌的工作，再进行下一件讨厌的工作。通常，到了傍晚六点，床铺还没有整理好。在白天，无论什么时候，你都可能会碰到布鲁克先生站在楼梯上，手里端着满满的夜壶，拇指握着边沿。每天早上他坐在壁炉边，就着一缸脏水给土豆削皮，行动像慢动作电影那么缓慢。我从未见过有人带着这般怨恨削土豆。他嘴里念叨着，"该死的女人干的玩意"，憋满了一肚子怒火与苦水，像反刍一样咀嚼着仇恨。

当然，因为我经常呆在屋里，我总是听到布鲁克一家在抱怨：每个人都在欺骗他们，个个都是忘恩负义的小人，内脏店根本没钱赚，而出租屋也挣不到多少钱。我就纳闷，按照当地的标准，布鲁克一家实在不能算穷。布鲁克先生一直躲着不肯接受经济状况调查，却领取公共援助委员会的救济金。布鲁克夫妇最大的快乐，是向愿意倾听的人讲述他们的不满。布鲁克太太无时无刻不在抱怨，她一直躺在那张沙发上，像一团自怨自艾的肉山，翻来覆去地不断重复着："现在顾客都不愿意上门了，到底怎么搞的？那些内脏只能一天天地搁在那里，多好的内脏啊！如今的日子真是艰难，不是吗？"说了又说，说了又说。布鲁克太太每次抱怨完之后总会说："如今的日子真是艰难，不是吗？"就像是一首叙事诗的叠句。的确，他们的小店经营得很艰难，整间店铺污秽不堪，蚊虫四起，好像随时都会倒闭，但向布鲁克夫妇解释为什么没有顾客愿意上门根本没有用。去年的绿头苍蝇的尸体仰面朝天地躺在商店窗户上，把客人们都吓跑了，但这两夫妇就是不明白。

最令布鲁克夫妇心烦的，是住在这里的两个领养老金的老人，他们占据了床位，在这里吃吃喝喝，每星期却只付区区10先令。我想，布鲁克夫妇不至于在这两个老头身上赔钱，但10先令一周的租金确实没有多大的利润。在布鲁克夫妇眼里，两个老头就像可怕的寄生虫，叮在他们身上吸血抽髓。布鲁克夫妇对老杰克的态度还好一些，因为他白天基本上都在外头；他们最痛恨的人，是每天老是躺在床上的胡克。布鲁克太太叫他的名字时发音很奇怪，省去了声母，把韵母拖得特别长，听上去变成了"乌客"。我听过关于老胡克的不少坏话，他是个老顽固，总是不整理床铺，非常挑食，"这个不肯吃那个不肯吃"，而且忘恩负义；最要紧的是，他自私透顶，迟迟不肯死去！布鲁克夫妇毫不掩饰自己盼望老胡克死去的心愿，如果他死掉的话，他们就可以领到一笔保险金。在他们眼中，老胡克就是肠子里的寄生虫，每天都在吸他们的血。有时，我遇到布鲁克先生正在削土豆皮，他会看着我的眼睛，然后仰起头，带着无以言状的痛苦神情望着天花板处老胡克的房间，说道："真是个老混……不是吗？"他没有再说下去，因为我知道老胡克的事情已经够多了。其实，在布鲁克夫妇心中，每一个房客都令他们心烦，当然也包括我。无疑，乔伊在领公共援助委员会的救济，跟两位领养老金的老头没什么区别。那个苏格兰矿工一周付一英镑的好价钱，但他一天到晚总是在家，他们不喜欢他老是赖在家里。两个卖报纸的倒是经常不在家，但布鲁克先生顶烦他们自己做饭吃。连最好的房客雷利先生也惹恼了他们，因为布鲁克太太总是抱怨雷利先生每天早晨下楼时吵醒了她。他们不停地抱怨找不到心目中想要的房客——从事商务的上等绅士，支付全额的住宿费用，一整天都在外面。他们的理想房客每星期付 30 先令，只是晚上才回来睡觉。我发现，几乎所有的房东都不喜欢自己的房客，他们想挣房客的钱，却又把他们看成是不速之客，好奇、戒备而妒忌地对待他们，让房客住得很不自在。作为房客，寄人篱下就只能这样。

布鲁克夫妇提供的伙食非常糟糕。早餐只有两片薄薄的熏肉，一个没有半点油水的煎蛋和几片黄油面包，连面包都是隔夜切好的，上面总是带着黑黑的手指印。无论我好说歹说，布鲁克先生就是不肯让我自己切面包，他会将面包一片一片用黑漆漆的大拇指捏着递给我。晚餐通常是三便士一罐的牛肉布丁罐头——我想都是店铺里的存货——此外会煮点土豆和大米布丁。茶点是黄油面包和几乎不成型的甜糕，应该是从面包店那里买的隔夜货。晚餐吃的是软趴趴的兰开夏奶酪和饼干，味同嚼蜡。布鲁克夫妇从不叫这些饼干为"饼干"，他们总是称其为"奶油脆饼"。"雷利先生，再吃一块奶油脆饼吧，奶油脆饼加上奶酪肯定合您胃口。"他们以为这样就能掩饰晚餐只吃奶酪和饼干的事实。餐桌上总是摆放着几瓶伍瑟斯特辣酱和半罐蛋黄酱。大家经常用伍瑟斯特辣酱蘸东西，甚至蘸奶酪，但我从未见过有人有勇气去动蛋黄酱，那罐东西粘粘稠稠的，蒙着厚厚的一层灰。布鲁克太太单独在沙发上用餐，但我们吃饭时她也会过来吃上几口，很有技巧地倒出她称之为"茶壶底的货色"，意思是，最浓的一杯茶。她有个习惯，喜欢用身上盖的毛毯擦嘴。等到我快离开的那段日子，她又改成撕下报纸的一角擦嘴。每到早上，地板上丢满了她擦嘴用的油腻腻的隔夜纸团，会丢在那儿好几个小时。厨房的味道臭不可当，不过，和卧室一样，闻着闻着你就习惯了。

令我惊讶的是，这种住所在工业区应该很普遍，因为其他房客从来没有抱怨。据我所知，唯一抱怨的房客是一个烟草公司的业务员——个头矮小黑发尖鼻的伦敦人，以前从未到过北方。我猜想，以前他的工作应该很不错，住的都是商业酒店。这一次是他第一次体验到穷人居住的环境，感受到推销员在漫漫旅途中漂泊无依的滋味。第二天早上，我们起身穿衣服时（当然，他睡的是那张双人床），我看到他一脸困惑，厌恶地环顾着破败的房间，然后看着我的眼睛，突然猜到我跟他一样是南方人。

"这帮肮脏该死的畜牲！"他愤愤地咒骂着。

接着，他收拾好行李箱下了楼，怀着坚定无比的决心，大声告诉布鲁克夫妇这里根本不合他的心意，他要马上离开。布鲁克夫妇根本不明白到底发生了什么事，他们感到万分惊奇，内心受到了伤害。这个忘恩负义的家伙！竟然有人只住了一晚，就毫无理由地弃他们而去！过后，他们对这件事谈论了一遍又一遍。这件事情成为他们的伤心往事之一。

有一天，餐桌下摆着一个满满的夜壶，那一天我决定离开这里。这个地方让我住得很不开心，不仅是因为肮脏恶臭和难以下咽的伙食，这里还弥漫着一种萧条破败毫无意义的感觉，似乎堕落到无底的深渊中，在那里每个人就像黑甲虫一样漫无目的地在无止尽的繁重工作和痛苦中挣扎。像布鲁克夫妇这样的人最可怕的地方在于他们一次又一次诉说着同样的事情。那种感受，就好像他们不是活生生的人，而是恐怖的幽灵，讲述着同样的、毫无意义的长篇大论。布鲁克太太总是自怨自艾，满腹牢骚翻来覆去讲了无数遍，最后颤抖着声音幽怨地问道："如今的日子真是艰难，不是吗？"我真受不了她的抱怨，这可比她用报纸擦嘴的习惯更难以忍受。但是，无论你有多么讨厌布鲁克夫妇这种人，试图将他们抛诸脑后，但结果根本无济于事。因为像他们这种人有成千上万个，他们是现代文明的附属品，如果你接受了缔造他们的现代文明，那你就必须接受他们的存在，因为他们是工业文明带给我们的影响的一部分。哥伦布横渡大西洋，第一辆蒸汽火车缓缓驶动，大英帝国的军队在滑铁卢与法国军队对决，十九世纪的那些眼里只有金钱的恶棍一边称颂着上帝，一边中饱私囊。而这一切塑造了迷宫一般的贫民窟与黑漆漆的厨房，在这里，疾病缠身的老人像黑甲虫一样可怜地、一圈又一圈地爬行。我们有必要时不时到这种地方看看闻闻，尤其要感受这种地方的味道，以免忘记它们的存在，当然，最好不要在这种地方待太久。

　　火车载着我离开了这座城镇，穿过可怕的矿渣场、林立的烟囱、堆积如山的铁屑、臭气熏天的沟渠、煤渣与污泥纵横交错的马路。如今是三月时节，但天气仍然很冷，到处都是黑乎乎的雪堆。火车缓缓驶过城镇的郊区，我们看到一排又一排灰色的贫民窟散布在路堤两旁。在一间贫民窟房子的前面，一个年轻女人正蹲在石头上，手里拿着一根棍子在捅铅制的排水管。排水管连接着她身后房子的水槽，我猜大概是堵住了。我有充裕的时间细细地打量这个女人：她穿着帆布围裙和不合脚的木屐，双手被冻得通红。她抬头望着经过身边的火车，我们俩离得那么近，我可以清楚地看到她的眼睛。她长着一双苍白的圆脸，与其他贫民窟的女孩一样，面容十分憔悴，二十五岁的年纪，看上去却有四十岁的沧桑，这都是拜频繁的流产与辛苦的劳动所赐。在我们四目交投的那一刻，我看到了以前从未见过的最绝望无助的表情。那让我猛然意识到，我们所说的那些言论——什么"他们和我们根本不可同日而语"，什么"贫民窟长大的人所能想象的世界只有贫民窟"，这些统统都是错的。在她的脸上，我所看到的，并不是野兽般对痛苦的茫然无知。她完全清楚自己身处的境地，正如我清楚地知道，在寒冬中蹲在湿滑的石头上，拿着棍子清通恶臭的沟渠是多么可怕悲惨的命运。

不过，火车很快载着我离开了，驶入辽阔的郊野。眼前的景色是那么陌生而怪异，仿佛一座优美的公园。在工业区待久了，人总是会以为浓烟与肮脏会永远存在，没有任何一处地方能置身其外。身处拥挤肮脏而狭小的国度，我们已经视污秽为天经地义的事情。矿渣场和烟囱似乎是比绿树青草更自然的景致，即使到了乡村，随处遇到碎瓶破罐也在我们的预料之中。但是，在这里，积雪上一个足印也没有，堆得那么厚，只露出了石头界墙的顶端，一路顺着山势蜿蜒，有如黑色的羊肠小径。我想起了戴维·赫伯特·劳伦斯[①]曾经描写过同样的景色，他写道："白雪皑皑的山脉有如强健的肌肉，虬结蜿蜒，

---

① 戴维·赫伯特·劳伦斯（David Herbert Lawrence，1885—1930），英国作家、诗人、文学批评家，其作品曾因涉及性爱描写而被列为禁书，现被公认为现代小说的先驱者，代表作有《查泰莱夫人的情人》、《虹》、《恋爱中的女人》等。

直至远方。"我的脑海中并没有浮现出这样的景象；在我眼里，白雪与黑墙看上去好像一件洁白的长裙，镶着一条长长的黑边。

尽管积雪还未融化，明媚的阳光已照耀着大地，隔着紧闭的车窗，车厢里很暖和。根据年历，如今已经是春天了，而几只小鸟似乎也相信春天到了。在铁路不远处的一处空地上，长这么大，我第一次见到白嘴鸦正在求偶，就在地上，而不是我想象的在树上。它们求爱的方式非常有趣：雌鸟张开鸟喙站在那里，雄鸟绕在它身边，似乎在喂她吃东西。我上了车还不到半小时，但似乎我已经远远离开了布鲁克一家的厨房，来到另一个世界，这里有皑皑的白雪、明媚的阳光和若隐若现的小鸟。

英国的工业区十分广袤，人口几乎与大伦敦区相当，面积却要大得多，因此，在各个区域之间，仍然可以找到干净像样的地方，想到这里，不禁令人感到欣慰。尽管人类不断在推进工业化，但还未能将污染传播到每一处地方。大地是如此广阔无垠，即使是在人类文明污染最严重的心脏地带，你仍可以在一片萧索中找到绿地，而不是灰蒙蒙一片。如果你用心寻找，说不定还能找到流水和活鱼，而不是三文鱼罐头。过了很久，或许又走了二十分钟，火车穿过了原野，先是进入外围的贫民区，然后是另一座工业城镇，到处是矿渣场、浓烟滚滚的烟囱、鼓风炉、沟渠和煤厂，人类文明再次将我们吞没。

第二章

切斯特顿[①]认为，我们的文明建立在煤炭之上，比我们所意识到的更加彻底，除非你能停下来对这个问题进行思考。我们的生活离不开机器，机器的制造也依赖于机器，而这全都直接或间接地依赖于煤矿。在西方世界的新陈代谢机制中，煤矿工人的地位仅次于耕种土地的农民。他就像一根肮脏的柱子，承托着一切不肮脏的东西。因此，如果你有机会而且不嫌麻烦的话，了解挖掘煤矿的过程是挺有意义的一件事情。

当你下去一座矿井时，有必要到煤矿的开采面去看一看，观察一下采煤工如何工作。这可不是一件容易的事情，因为参观者会给矿井运作带来不便，因此很多矿井不欢迎外人参观。但是，如果你在别的时间参观，你可能会得到完全错误的印象。譬如说，在星期天，矿井会显得格外宁静。参观矿井的时间应该是在机器轰鸣煤灰扬天的时候，这时你可以亲眼看到煤矿工人们实际的工作情形。每到这一时候，整座矿井如同地狱一般，至少我心目中的地狱就是这样。一个人所能想象的地狱里的情景几乎都会出现在矿井中：高温、噪声、混乱、黑暗、污浊的空气，而最要命的是难以容忍的狭隘空间，只是缺少了烈火。在矿井中，只有安全灯与手电筒的微弱光线勉强刺透煤灰弥漫的阴霾。

当你最终来到采掘现场时——这本身已经很不容易，接下来我会解释原因——你爬过最后一排承重的支柱，迎面是一座闪烁着微光的黑墙，大约有三四英尺高。这就是采掘现场。头顶上方是光滑的岩石，煤矿就是从石头下切割开采出来的；煤层的下方又是岩石，因此，你所置身的地方只有煤层自身的高度那么高，或许也就是一码多一点点。这里留给参观者最深刻的第一印象，是运煤传送带震耳欲聋的响声，暂时盖过了其他一切。你的视线看不了很远，因为满是煤灰的烟雾阻挡了灯光，不过，在两边你可以看到矿工们半裸着身躯跪在地上，彼此间隔着四五码，矫健地用铁锹铲起掉落的煤块，甩过左肩，将煤块搬到传送带上。传送带由橡胶制成，宽约数尺，就在矿工们的身后一两码处。沿着传送带，一条闪闪发光的煤河不断向前奔流着。在一座大型煤矿中，传送带每分钟可以运送好几吨重的煤，运到主干道边，然后装到承重约半吨的矿车里，接着运到吊笼处，吊到外面。

看着搬煤工在工作，你不禁会嫉妒他们的强壮。他们所从事的工作非常恐怖，对于平常人来说，根本就不是人干的活儿，因为他们不仅要搬运数量极其惊人的煤矿，而且他们干活时的姿势使工作的强度大了好几倍。他们必须一直跪在那儿搬煤——如果站起身就会碰到顶壁——只要你试一下，你就会明白他们有多么辛苦。站着铲煤搬煤要相对轻松一些，因为你可以借助膝盖和大腿的力气挥动铁铲，而跪着铲煤搬煤，所有的重量都只能由手臂和腹部的肌肉承担。此外，还有其他因素会使搬煤更加困难。矿井下面非常热，不同的矿井气温有所不

---

① 吉尔伯特·基思·切斯特顿（Gilbert Keith Chesterton, 1874—1936），英国著名作家，态度偏于保守，笃信罗马天主教，代表作有《布朗神父探案集》、《异教徒》等。

同，有的矿井简直热得令人窒息——而且煤灰会堵住你的喉咙和鼻孔，堆在眼角边。传送带一刻不停地轰鸣着，在那么狭小的空间里听起来就像是机关枪在扫射。但是，无论是外貌还是工作的作风，搬煤工们都很坚强。当一层光滑的煤灰从头到脚笼罩在他们身上时，他们看上去的确像铁骨铮铮的硬汉。只有当你下到煤矿，看到赤身裸体的矿工时，你才会意识到他们是多么了不起的人。大部分的矿工身材矮小（体形魁梧的人从事这份行业反而吃亏），但几乎每个人都有着最标准的身材：肩膀宽阔，腰肢细而柔软，臀部小而挺翘，浑身上下非常结实，没有半丁点儿赘肉。在比较热的矿井下，他们只穿一条薄薄的内裤、木屐和护膝，在最热的矿井下，就只剩下木屐和护膝。你根本无法通过外貌判断他们的年龄。他们中有些人已经六十岁甚至六十五岁了，但是当他们全身漆黑赤裸时，看上去都一个样。没有一副好身板和皇家卫队般的健美体格根本不可能从事他们的工作，如果腰间多了几磅赘肉，那就不可能长时间弯腰铲煤。在矿井下你所看到的情景会令你终生难忘——一排工人弯腰跪在那里，全身漆黑赤裸，迅速而有力地用巨大的铁锹将煤块运到传送带上。矿工的上班时间是七个半小时，理论上没有休息，因为按照规定是没有休息时间的。不过，他们会利用换班的间歇，大概十五分钟，吃点自己带的东西，大体都是面包抹油和一瓶冷茶。我第一次观察运煤工工作时，摸到了一些黏黏滑滑的东西，是一团嚼碎的烟草。几乎所有的矿工都嚼烟草，据说可以解渴。

或许你得下好几座矿井才能对下面的作业流程有比较清楚的认识，这主要是因为，单单在矿井下走动已经非常困难，你很难注意到其他事情。在某些方面，矿井下的情况会令你感到失望，至少不是你原本所想象的情形。你得先进一个铁笼子，大概像电话亭那么宽，两三倍长。铁笼能载十个人，但像沙丁鱼罐头那么挤，高个子的人根本没办法站直。笼子装满人后，上面的铁门啪地一声关上，由传动轮将笼子运到空中。你会感到胃里翻江倒海，耳朵里一阵阵的轰鸣，但你感觉不到铁笼在动，直到它接近井底之前猛地减速，让你几乎以为笼子又在往上升。半途中铁笼坠落的速度或许达到每小时60英里，在某些深一点的矿井，速度还要更快一些。当你在井底爬出铁笼时，你已经置身于地底下400码的地方，高度几乎等于一座相当规模的山丘，依次而上分别是数百码的岩石层、绝种生物的骨骸、底土、燧石、树根、绿草和放牧的畜群——所有的这一切就在你的头顶上空，只由几根小腿粗细的木桩支撑着。不过，由于铁笼下落的速度非常快，而且整个过程一片漆黑，你还以为下降的深度顶多就像皮卡迪利的地铁隧道那么深。

另一方面，矿井下矿道的长度令人十分吃惊。在我下矿井之前，我一直以为矿工们出了铁笼，只需要走几步就可以来到挖煤的地方。我根本没有想到，在矿工开始干活之前，他们得猫着腰走过一段相当于从伦敦桥到牛津环那么远的距离。当然，最开始的时候，矿井就挨着采煤的矿面，但随着矿面逐渐被挖光，矿道得逐渐延伸以挖掘新的矿面，于是，挖矿作业的地方就离矿井越来越远。从矿井到开采现场，一英里只是平均距离，三英里的距离并不罕见，据说有的地方甚至长达五英里，而且地底下的距离与地面上的距离是两码事，因为那一英里或三英里的路程都不是好走的大道，而且一路上根本多少地方能让人伸直腰杆。

要走上个几百码，你才会知道这一段距离意味着什么。你开始出发，微微弯着腰，矿道十分昏暗，只有八到十英尺宽，五英尺多高，墙壁是页岩的石条，挺像德比郡的石墙。每隔一两码，就有木桩支撑的横梁和桁架，有些横梁已经被压成古怪的弧形，你得弯下腰才能勉强通过。路面的情况总是很糟糕——有很多粗大的沙砾和尖锐的页岩，有的地方还严重积水，像农场一样泥泞。矿道里有一条运煤的轨道，像具体而微的火车铁轨，每隔一两英尺就有一根枕木，使得行走非常困难。每一样东西都是灰蒙蒙的，页岩上沾满了灰尘，空气非常刺鼻，似乎所有的矿井都是这股味道。你会看到许多奇形怪状的机器，它们的用途或许你永远都不会知道，许多工具就随意地挂在电线上，在探路灯光的照射下，老鼠们纷纷逃窜。令人惊讶的是，这里老鼠非常普遍，尤其是在有马或养过马的地方。有趣的是，到底老鼠是怎么进来的？或许，它们是掉下矿井的——因为矿工们说，老鼠无论从多高摔下来都不会受伤，因为它们的体表面积相对于身体的重量要大得多。矿井上的钢缆不停地运转，牵引着运煤的矿车缓缓前进，你得紧靠着墙壁给它们让道。你钻过粗布帘子与厚厚的木门，当门开启的时候，一阵风会夺门而出。这些门是通风系统的重要组成部分。矿井下氧气耗尽的废气会经过一条竖井由风扇抽走，新鲜的空气就会由另一道竖井自动补充进来，但如果没有控制，空气只会选择最短的循环路径，而深层的矿道就无法通风，因此，所有的短回路都必须严密封闭。

一开始时，弯着腰走路似乎很轻松，但很快轻松的感觉就会消失得无影无踪。我的个子太高，而当矿道的高度只有四五英尺甚至更低时，除非是侏儒或孩童，任何人走动都会觉得非常痛苦。你不仅得弯着腰走路，而且还得时时刻刻抬头望路，以方便看到并避开横梁和柱子。因此，你的脖子总是得绷得紧紧的，但比起膝盖和大腿的酸痛实在算不了什么。半英里过后（我没有夸大其词），走路成了无法忍受的折磨。你开始怀疑自己是否能撑到终点——更怀疑自己到底能不能走回去。你的脚步越来越慢，再走上几百码，隧道变得非常低矮，你不得不整个人蹲着向前挪。接着，矿道的顶部豁然开阔——这里上面的石头掉下来了——有二十码左右的长度你可以站直身子。那种轻松愉快的感觉实在是难以言喻。但是，在这之后，又是几百码的低矮路段，紧接着是连绵不绝的横梁，只能趴在地上四肢着地才能通过，不过，相比起弯腰行走，爬着走还算比较轻松。但是，当你爬到横梁的末端，试着再次站起身时，你的膝盖已经麻木了，根本无法直立。你只能羞赧地叫大家停步，希望能休息一两分钟。你的导游（一位矿工）很同情你，他知道你的体格与他们的体格根本无法相提并论。他鼓励你说："只剩下四百码的距离了。"但在你听来，这段距离简直有四百英里那么远。不过，最终你总会到达开采现场，花了将近一个小时左右走完一英里，而矿工们的耗时只需要二十分钟左右。到了那里，你得躺在煤灰里，休息几分钟回复气力，让头脑清醒过来，观察矿工们的工作。

回程要比来的时候更痛苦，因为你已经非常疲惫，而且通往竖井的路是轻微的上坡路。你只能以龟爬的速度通过低矮的地方，到了这时，当膝盖实在走不动了，你根本顾不上害羞，大声地叫导游停下来让你休息。你手中的灯成了一大累赘，一个跟跄你可能就会将它掉在地上。如果是戴维安全灯，灯光就会熄灭。躲避横梁变得越来越辛苦，有时，你根本忘记了躲闪。你试着像矿工那样低着头走路，接着，你就会撞疼自己的脊梁，即使是矿工也会经常撞疼脊梁。这也是为什么在非常热的矿井下，当矿工们几乎脱光了衣服，就会露出他们所说的"背上的小纽扣"——那些其实是脊椎上永久性的疤痕。走下坡路时，矿工们有时会穿底下是中空的木屐，顺着铁轨往下滑。在路况极为恶劣的矿井，矿工们会带上两英尺半长的手杖，手柄下面是中空的，在高度可以正常行走的地方，你的手握着手杖的顶部，而在低矮的地方，手可以滑下来，握在手杖下方中空的部位上。手杖对矿工们走路很有帮助，而最近才发明使用的木制安全帽则几乎称得上是上帝的恩赐。这些安全帽看上去有点像法国或意大利士兵的钢盔，不过是用木心做成，非常轻便结实，即使头部承受了猛烈的撞击也不会感觉疼痛。当你在地下花了大约三小时，走了至少两英里的路程，终于回到地表时，感觉比在地上走二十五英里还要累。接下来的一周，你的大腿会十分僵硬，连下楼梯都有困难。你根本无法弯曲膝盖，得侧着身才能走下楼。你的矿工朋友会注意到你走路时奇怪的模样，拿你开涮（"下矿井的滋味怎么样啊？"什么的）。其实，即使是矿工，如果因为生病或有其他事情一段时间没有下矿井，在重新下井的头几天，大腿一样会非常酸痛，走不了路。

我所说的似乎听起来有点夸大其词，但是，你得亲身下到老式的矿井（英国的大部分矿井都是老式的矿井）才会知道我所说的都是实情。但我希望强调的重点是，对于平常人来说，在狭窄低矮的矿道里穿行是非常痛苦艰难的事情，而这根本不算是矿工们的工作内容，只是工作的附加内容，就像城里的上班族每天乘车上班一样正常。矿工们每天都得在矿道中往返，再花七个半小时进行高强度的正职工作。我从未走过比一英里多多少少的路程去矿面，而矿工们每天的平均路程是三英里，这是我跟平常人根本无法承受的距离。大部分人经常会忽略这一点。当你想到矿井里的情形时，你通常会想到矿井的深度、酷热黑暗的环境、矿工们黑黢黢的身影在辛苦地挖矿，但你往往没有想到他们还得在矿道里弯着腰走那么远的一段路。这里还涉及到工时的问题。矿工们的工作时间是七个半小时，听起来似乎不是很长，但是，我们还得算上矿工们每天花费在路上的时间，至少一个小时，更普遍的情况是两个小时，有时候是三个小时。当然，这些都不能算入工作时间和工资里面，但其劳动强度与工作并没有什么区别。有人会说矿工们并不在乎多走几步路。的确，矿工们对于上班走路的感受与你我不同，他们从孩提时代就适应了这么走路，他们的肌肉锻炼得非常结实，他们能以惊人的速度和灵活性在矿道中穿行。矿工们走路时低着头，每一步的距离非常长，即使在我只能蹒跚前行的地方也能健步如飞。到了工作的地方，你会看到他们四肢着地，像狗一样绕过支撑的木桩。但如果你认为他们喜欢在矿道中穿行就错了。我和许多矿工谈论过这个问题，他们都承认上班的路很难走，而且这也是他们在矿井下彼此聊天时经常提到的话题。有人说，下班后回去的路要比上班时的路好走一些，但是，矿工们会告诉你，经过一天辛苦的劳动，回去的路特别难挨。走路是他们工作的一部分，他们都愿意承受，但它确实很辛苦，就好比让你每天上下班时爬一座小山一样。

当你参观了两三座矿井后，你开始对下面的工作流程有一定的了解。（我得说，我对挖矿的机械与技术一无所知，我只是如实描述我所看到的情景。）煤炭位于厚厚的岩层之间，只有薄薄的一层，因此基本上挖矿的流程就像是在吃那不勒斯三色冰糕中间的那一层。在以前，矿工们直接用鹤嘴锄和撬棒挖煤——工作的进度非常缓慢，因为埋在地底下的原煤几乎和岩石一样坚硬。如今，挖煤前的准备工作由电力切煤机完成。在原理上，切煤机有如一把庞大而强力的带锯，以水平方向而不是垂直方向运作，每一个锯齿有几英寸长，半英寸到一英寸宽，能自动前进或后退，由操作员控制在煤层中旋转进出。顺便提一下，它所发出的噪声非常大，是我听到过的声音中最吵的，而且会激起厚厚的煤灰，两三英尺以内几乎看不到东西，更不可能正常呼吸。切煤机会沿着煤层一直切到底部，将其切松，深度由五英尺到五英尺半不等。这样一来，挖煤时会相对容易一些。但"难挖"的地方就必须用炸药将其炸松。一个矿工会用一把电钻——类似于修路时使用的钻子，不过尺寸要小一些——在煤层中钻出许多间隔的小孔，灌入火药，用黏土塞紧，然后躲在附近的一个拐角处（他得躲到二十五码开外的地方），用电流引爆炸药。炸矿的目的并不是将煤轰出来，而是将煤层炸松，有时，爆炸的威力太过于猛烈，不仅将煤层炸了出来，而且把矿顶也炸塌了。

　　煤层被炸松后，挖煤工就可以将煤炭挖出来，将煤弄碎并搬到传送带上。运出的先是庞大的煤块，重量或许达到了二十吨，由传送带将煤块运到装车的地方，装着煤块的矿车又被推到主干道上，再挂上不停运转的钢缆，通过钢缆拉到吊笼里，由起重机吊到地面上。之后，煤块得接受检验分类，如有必要还得进行清洗。"煤土"——也就是页岩——会尽量用来修筑马路，而实在是派不上用场的渣滓会被运到矿表堆在一旁，于是就有了可怕的煤渣堆，像丑陋的灰色土丘，构成了煤矿场标志性的景观。当切松的煤层被挖光，开采现场推进了五英尺时，矿工们会搭建新的支架撑住新挖出来的矿顶，将传送带拆除，向前延伸五英尺，重新装配。一般来说，炸煤、切煤和运煤这三项工作会由三个不同班次的工人完成。切煤是在下午，炸煤是在晚上（法律规定，炸煤时附近不得有其他人作业，但是这一条文并不是时时都得到遵守），而挖煤是在早上，从凌晨六点一直到下午一点半。

当你观察了挖煤的整个过程，并稍作计算的话，你将会意识到挖煤工所从事的工作是多么辛苦。一般来说，每个挖煤工得挖四到五码长的煤堆，切煤机已经将五英尺深的煤堆切松，因此，假如开采现场有三到四英尺高，每个挖煤工就得承担七到十二立方码的煤块，将它们挖出来，捣碎后再搬到传送带上。一立方码煤炭的重量大概有二十七英担①，每个工人每小时的挖煤量大概是两吨。我有过挑土铲土的经验，知道这一速度意味着什么。当我在自家花园里挖沟引水时，如果整个下午挖了两吨土的话，我就得好好喝口茶休息一下。但是，泥土要比煤层好挖得多，而且我不用跪在地底下一千英尺的地方，忍受令人窒息的酷热，每一口呼吸都吸入大量的煤灰；我也不用在工作前弯着腰走上一英里。矿工的工作强度超出了我身体的负荷，难度不亚于让我去表演空中飞人或让我赢得全国越野障碍赛马的冠军。感谢上帝，我不用从事体力劳动；如果我不得不从事体力劳动的话，我可以勉强当一位扫地工人或蹩脚的园丁，甚至当个三流的农民。但无论怎么努力，我都不可能成为一名矿工，这份工作几个星期就会要了我的命。

看着矿工们工作，你会意识到，原来人与人的世界是如此

---

① 英担：英国重量单位，100 磅重，合 45.36 公斤。

不同。许多人的生活非常轻松，对在矿井下挖煤的工人们所生活的世界一无所知。或许，如果可以的话，大部分人会选择对矿工的世界充耳不闻。但是，这个世界是我们在地上所生活的世界必不可少的一部分。我们所做的每件事情，从吃冰淇淋到横渡大西洋，从烤一片面包到写一篇小说，都与煤矿直接或间接有关。和平年代的一切艺术都需要煤矿，而一旦战争爆发，对煤矿的需求就更大了。在革命年代，如果没有矿工的辛劳，革命也会被迫停止，因为革命势力和反动势力都同样依赖煤矿。无论地上的世界发生了什么，挖煤和运煤的工作都不能中止，即使被迫中止，时间也不能超过几个星期。为了让希特勒能巡视军队的正步阅兵，让教皇可以谴责布尔什维克主义，让板球比赛的观众能在伦敦板球场看比赛，让浪漫诗人能酬唱应和，煤矿必须随时保证供应，但大体上我们并没有意识到这一点。我们都知道煤矿必不可少，却很少或从来不记得挖煤意味着什么。我正坐在煤炉边，舒舒服服地边烤火边写字。如今是四月了，我仍得烤火取暖。每半个月，运煤车会开到我家门前，穿着皮上衣的工人用麻袋将闻起来很像焦油的煤块搬进屋，塞进楼梯下面的储煤间。在极罕见的情况下，我得努力去想，才会将这些煤块与远方矿井下的劳动联系起来。它们只是我已经习以为常的煤块，从某个神秘的地方运来的黑色物体，就像天赐之物，只是你得花钱才能买到。当你开车穿过英国的北方，你或许从来不会想起在马路下数百英尺深的地方，矿工们正在挖煤。但是，从某种意义上说，是矿工们的努力让你能开车代步。就像鲜花离不开地里的根一样，我们地上光明的世界离不开矿工们那个昏暗灯光下的世界。

不久之前煤矿的情况比现在还要糟糕。在矿区仍然生活着一些年老的妇女，她们年轻时在矿井下工作，腰间缠着带子，腿上绕着铁链，四肢着地，将一车车的煤运出矿井。即使在怀孕的时候，她们也得从事这么辛苦的劳动。即使是现在，如果得由怀孕的妇女爬着搬运才能产煤，我想我们会让她们去劳动，而不愿付出失去煤矿的代价。当然，大部分时间里，我们会选择忘记矿井里所发生的一切。所有的体力劳动都是这样，我们依赖他人的劳动而生存，而我们对这一切熟视无睹。矿工们有资格作为劳工界的代表，不仅因为他们的工作非常辛苦，而且因为他们的工作对我们的生活是如此的必要，却又远离我们的生活经验，如此不为人知，我们总是忘记他们的存在，就像我们忘记了身上血液的存在一样。看着矿工们工作，我们会感到羞耻，因为你会怀疑自己作为知识分子和上等人的身份。当你看着矿工们时，你会意识到，正是他们挥汗如雨的劳动才使得上等人能过上优裕的生活。你、我、《时代文学增刊》的编辑、浪漫诗人、坎特伯雷的大主教①与《马克思主义简明指南》的作者 X 同志，我们所有人体面的生活都建立在矿工们在地底下的辛苦劳动之上。他们全身上下一团漆黑，喉咙上沾满了煤灰，以钢铁般的手臂与腹肌挥舞着铁铲挖煤运煤。

---

① 英国国教地位最崇高的大主教，管理英国国教教务，为英国皇室施洗。

第三章

　　当矿工从矿底上来时，虽然脸上蒙了一层煤灰，还是可以看得出他脸色苍白，这是因为他在下面只能呼吸到污浊的空气，很快他的脸就恢复了血色。在一个初到矿区的南方人眼中，目睹几百名矿工下班后从矿底鱼贯而出的情景会令他大为惊奇，并觉得有点恐怖。他们的脸看上去筋疲力尽，凹下去的部位上堆满了煤灰，神情野蛮而凶残。但在别的时候，当他们洗干净脸时，他们看上去和其他人并没有什么不同。他们走起路来都昂首挺胸，这是在地底下长时间弯腰劳动的自然反应，但大部分矿工个头并不高，而且衣服又厚又不合身，无法展现他们壮健的身躯。矿工们最明显的特征是鼻子上有蓝色的疤痕。每一个矿工的鼻子上和额头上都有蓝色的疤痕，这些疤痕会伴随他们，直到坟墓。矿底的空气中飘扬着煤灰，这些煤灰会进入伤痕，接着皮肤愈合，形成蓝色的斑点，看上去就像是文身，而事实上这的确是文身。一些上了年纪的矿工额头就像洛克福干酪一样，就是因为这个原因。

　　矿工一上到地面，就会漱一点水将喉咙里和鼻孔里的煤灰冲出来，然后回家，至于洗不洗澡则因人而异。根据我的观察，大部分矿工喜欢先吃饭，然后再洗澡，如果我是他们，大概也会这么做。我们经常可以看到一个矿工带着"克里斯蒂吟游诗人"①式的脸庞坐下来喝茶吃东西。他的整张脸都是黑色的，只有嘴唇是红色的，一边吃着东西，嘴唇周围就变得干净起来。吃完饭后，他会打一大盆水，很有技巧地开始洗澡，首先洗他的双手，然后洗胸膛、脖子和腋窝，接着洗前臂、脸和头皮（煤灰在头皮处积聚得最厚），然后他的妻子拿着法兰绒毛巾洗他的背。他只洗了上半身，肚脐里仍积着厚厚的一层灰，但就算这样，只用一盆水就将上半身勉强洗干净也需要一定的技巧。我发现自己下了矿井回来后，得用整整两盆水才能洗干净，光把眼睑上的煤灰清洗干净就得花上十分钟时间。

　　某些规模比较大、条件比较好的公司在矿口安装了淋浴设施。这可是优厚的条件，因为矿工们不仅可以每天舒舒服服甚至有点奢侈地洗干净身体，而且每人有两个储物柜，可以将下矿井的衣服和家里穿的衣服分开。这样一来，他从矿底上来，看上去像个非洲黑人，但不消花二十分钟，他就可以穿得整整齐齐，坐车去看足球比赛。但这种情况并不多见，因为开采现场很快就会挖空，因此，一旦矿井转移了地方，公司不一定会再花钱建造淋浴设施。我找不到确切的数字，但似乎只有不到三分之一的矿工能在矿口洗澡。或许，绝大多数矿工的下半身一周至少有六天是黑漆漆的。在自己家里洗个全身澡似乎是不可能的事情。烧开水很奢侈，而且在小小的起居室里，除了厨房和几件家具外，还有老婆、孩子和狗在那里，根本没有空间好好洗个澡，就算用脸盆盛水擦身也会弄湿家具。中产阶级的人总是喜欢说，即使有条件洗澡，矿工们也不愿意洗，但这是在胡说八道，因为事实上，只要矿口有浴室，几乎所有的矿工都会去洗澡。只有上了年纪的人仍然相信洗澡会"导致腰痛"。而且，那些矿口的浴室由矿工们自己的福利基金在负担

---

① 克里斯蒂吟游诗人（Christy-minstrel），美国著名黑人合唱团。

支出。有时矿业公司会补贴一点钱，有时基金得承担所有的成本。但直到现在，布莱顿经营寄宿旅社的老太太们仍在说："如果你给那些矿工们建浴室，他们只会拿来放煤"。

事实上，矿工们会定期洗澡。这着实令人惊讶，因为除了工作与睡眠，他们剩下的时间并没有多少。如果你以为矿工们每天只需要工作七个半小时，那你就想错了。七个半小时指的是挖煤的工作时间，但正如我已经解释过的，我们还得加上花费在"路上"的时间。一小时路程是罕有的事情，大部分矿工要花三个小时在路上。此外，大部分矿工得花费不少时间去矿井和从矿井回家。在工业区房屋很紧缺，只有在那些经营煤矿的小型村落，村民们围矿而居，这些地方的矿工才能住得离上班的地方比较近。我所在的矿镇规模要大一些，几乎每个矿工都得搭巴士上班，每周大概得花半克朗①在车费上。我住过的一户人家丈夫上的是早班，从早上六点一直到下午一点半，半夜三点四十五分他就得起床，下午三点多才能回到家。我住过的另一户人家有个十五岁的小男孩上晚班，他晚上九点钟出门，早上八点钟才回来，吃完早饭就马上睡觉，一直睡到下午六点，他的闲暇时间每天就只有四个小时——如果扣除洗澡、吃饭、穿衣等时间的话，他的闲暇时间更要短得多。

当矿工的班次时间发生改变时，他的家庭生活也必须随之进行调整，而这是特别累人的事情。如果他上的是晚班，他回到家是吃早饭的时间，如果他上的是早班，他回到家是下午；而如果他上的是午班，他回到家时正好是半夜，无论是哪种情况，他都希望回到家的时候能好好吃一顿正餐。我发现威廉·

---

① 克朗(crown)，英国旧货币单位，相当于5先令。

拉尔夫·英格牧师①在他的著作《英国》中指责矿工们饮食无度。根据我的观察，我得说矿工们其实吃得很少。我居住的家庭那些矿工吃得还没有我多。许多矿工说，如果工作前吃太多的话，他们根本干不了活。他们带去的食物只能称之为点心，通常是面包抹油和冷茶。他们将食物放在一个名叫"便当盒"的扁平马口铁罐子里，然后将它别在腰带上。当矿工三更半夜才回到家时，他的妻子一直在等候着他；但如果他上的是早班，他就得自己准备早饭，这似乎成了一种惯例。显然，早晨上班之前见到女人不吉利这个古老的迷信仍在流传。在以前，有这么一个说法：如果矿工在大清早就遇到女人，他可能会被叫回去，当天没有活儿干。

在我来到矿区之前，和很多人一样，我一直以为矿工们的收入很丰厚。有这么一种不靠谱的说法，说矿工上一次班可以挣到10或11先令，你可能会进行一番简单的乘法运算，得出矿工的周薪有2英镑，一年挣150英镑的高工资这个结论。但矿工上一趟班能挣10到11先令是不实的说法。首先，只有在矿底下的"挖煤工"才能获得这个报酬；而"计日工"——在矿顶工作的人，报酬要低一些，通常只有8或9先令一个班次。此外，在很多矿场，"挖煤工"是计量报酬，按照他实际挖了多少吨煤获得工资，而这取决于煤矿的质量。如果机器出现故障或出现"断层"——煤层出现了岩石——他就得有一两天挣不到钱。不管怎样，我们不能设想矿工一周能工作六天，一年能工作五十二个星期。总会有一段时间他处于失业状态。

---

① 威廉·拉尔夫·英格（William Ralph Inge，1860—1954），英国著名神学家，剑桥大学三一学院教授。

1934 年英国矿工，包括男女老少，平均每个班次的工资是 9 先令 1 又 3/4 便士。[①]如果真能一直有活儿干，或许矿工的年收入可以达到 142 英镑一年，或每周 2 英镑 15 先令。但他的真实收入要远远低于这个水平，因为 9 先令 1 又 3/4 便士只是工作状态下一个班次的平均收入，却没有把失业的日子计算进去。

我这里有五张 1936 年初约克夏矿工的工资条，即五个星期的收入情况（这五个星期不是连续的）。平均计算起来，矿工的平均周薪有 2 英镑 15 先令 2 便士，上一趟班能挣到 9 先令 2.5 便士。但这些是冬天的工资条，几乎所有的煤矿都在全天候运作。春天一到，煤矿贸易就会减少，越来越多的矿工会"暂时停工"，而那些名义上还能上班的人每周也会有一两天没活儿干。因此，150 英镑或 142 英镑显然高估了矿工的年收入。事实上，1934 年英国矿工的平均收入只有 115 英镑 11 先令 6 便士。具体的收入水平因地而异，苏格兰的平均收入高达 133 英镑 2 先令 8 便士，而达勒姆的平均收入不足 105 英镑，每周只有 2 英镑。这些数字取自约克夏巴恩斯利市长约瑟夫·琼斯先生撰写的《煤斗》一书。琼斯先生补充道：

"这些数字涵盖了童工与成年工人、高工资人群与低工资人群的收入……因特别原因的高收入、管理人员的收入、其他高收入岗位和加班所得的额外收入也计算在内。

"这些数字只是平均数……无法揭示有成千上万的工人收入远远低于平均数，每周只有 30 到 40 先令。"

请注意琼斯所写的斜体字。但我们还要注意，这些可怜巴

---

① 原文注：出自 1935 年矿业公司年册与煤矿贸易目录表。

巴的收入指的是毛收入，矿工每周的收入还要扣除各种费用。

下面是一份兰开夏地区每周的费用清单：

保险费（失业与医保）	1 先令 5 便士
租灯费	6 便士
工具打磨费	6 便士
称重费	9 便士
医务室费	2 便士
医院费	1 便士
慈善基金	6 便士
工会费	6 便士
总计	4 先令 5 便士

这些费用，比如慈善基金和工会费，是矿工们自己应该承担的费用，而其他费用则是矿业公司征收的。具体的费用因地区而异，例如，并不是每个地方都会无耻地要求矿工付租灯费（按照每周 6 便士计算，一年付的钱足够买几盏灯了）。但各种费用的总额似乎都差不多。那五张约克夏矿工的工资条每周平均毛收入是 2 英镑 15 先令 2 便士，扣除掉付给矿业公司的各种费用后，就只剩下 2 英镑 11 先令 4 便士——每周扣掉了 3 先令 10 便士。但工资条上只列出了付给矿业公司的费用，我们还得加上工会费，这样一来，需要扣除的总额就超过了 4 先令。或许，算上各种费用，每个成人矿工的周薪扣除掉 4 个先令左右是比较靠谱的。因此，1934 年英国矿工的平均年收入不应该是 115 英镑 11 先令 6 便士，而是 105 英镑左右。有人会反对说绝大多数矿工有补贴，他们可以低价买到自家用的煤炭，通常只要花 8、9 先令就可以买到一吨煤。但根据琼斯先生所说，"英国矿工的各种补贴算下来每天只有四便士。"而

许多矿工得乘巴士上班，光车费就足以抵消这四便士的补贴。因此，在整个煤矿行业，矿工们能带回家并自由支配的钱，或许平均不足 2 英镑一周。

与此同时，矿工们平均开采了多少煤炭？

煤矿业每年的人均采煤量在稳定而缓慢地增长。1914年，每个矿工平均开采了 253 吨煤，到了 1934 年，矿工们人均开采了 283 吨煤。[①]这当然指的是算入各个工种的矿工后得出的结果，那些在开采现场挖煤的工人实际开采的数量要比这大得多——很多时候平均开采量超出了 1 000 吨。但我们就拿280 吨作为代表数字吧，这已经是非常了不起的成绩了，只要你将矿工的生活和其他人的生活进行比较就可以了解这一点。如果我能活到 60 岁[②]，或许我可以写出 30 本小说[③]，大概可以装满两格中等尺寸的图书馆书架。而同一时期，一个矿工将开采出 8 400 吨煤，铺平整个特拉法尔加广场得有两英尺高，或者足够供应七户大家庭用上一百年的燃料。

上面我提到的那五张工资条，有三张上面盖着"亡故抚恤金"的字样。当矿工在工作中出了意外亡故时，其他矿工会捐点钱给死者的遗孀以示吊唁，大概每人 1 先令。这笔钱由矿业公司代收，自动从他们的工资里扣除。工资条上最引人关注的一个细节，是"亡故抚恤金"的字样是图章盖成的。比起其他职业，矿工们出事的频率非常高，死伤的情况被视作理所当然，几乎等同于一场小型战争。每年每九百个矿工就有一人出

---

① 原文注：数字来自《煤斗》。矿业公司年册和煤炭贸易目录给出的数字要略高一些。

② 奥威尔享年 47 岁。

③ 奥威尔正式出版过 6 本小说。

事亡故，每六个矿工就有人受伤。当然，大部分伤势都是轻伤，但也有相当一部分人因伤残疾。这意味着如果一个矿工的工作寿命是四十年的话，受伤的几率达到了八分之七，而死亡率达到了二十分之一左右[①]。没有任何职业能比当矿工更危险，第二危险的职业是船运，一年中每一千三百名水手才有一人出事亡故。当然，我所列举的数据指的是全体的矿工，那些实际在地底下采矿的工人伤亡的几率要高得多。我所采访过的矿工要么自己曾遇到过严重的事故，要么曾经见过自己的工友遇难。在每一户矿工家庭，他们都会告诉你关于父亲、兄弟或叔伯工作时遇难的故事。（"他从七百英尺高的地方摔了下去，要不是穿着一件新的油布雨衣的话，恐怕会摔得七零八落，拣都拣不回来"等等）有的故事着实骇人听闻。例如，一个矿工曾向我讲述，他的工友，"一个计日工"，塌方时被埋了起来。他们立刻冲过去，把他的头和肩膀挖了出来，这样他可以保持呼吸。他还活着，还能和他们说话。接着，他们发现又要塌方了，只能跑开保证自己的安全，那个计日工又被掩埋了。他们又一次跑过去将他的头和肩膀清出来，他还活着，还能和他们说话。接着，塌方第三次发生，这一次，他们花了几个小时才把他挖出来，当然，人已经死了。但讲述这个故事的矿工（他自己被埋过一次，但幸运的是，他把头埋在双腿之间，因此有一点空间让他能够呼吸）并不觉得这个故事很恐怖。他强调的是，那个计日工事先已经知道工作的地方不安全，每天他都担心会有事故发生。"他一直很担心，每次上班

---

① 奥威尔此处对受伤概率的计算并不正确。按照他给出的数据，矿工一生中受过伤的概率接近100%。

前都会和妻子吻别。后来，她告诉我，他和她的吻别已经持续了二十年。"

最为人所熟知的矿难是瓦斯爆炸。矿底下到处弥漫着瓦斯。有一种特制的灯被用来监测空气中的瓦斯，当瓦斯大量积聚时，戴维安全灯的火焰会变成蓝色，发出警示。如果把灯芯旋到最长，而火焰仍然是蓝色的，这表明空气中瓦斯的浓度很高很危险。但是，检测瓦斯是很困难的事情，因为瓦斯不会平均分布于各个地方，而是积聚于裂缝和罅隙。开工前，矿工总是会将矿灯伸到各个角落检测瓦斯的浓度。点燃瓦斯有许多偶然因素：爆炸操作时产生了火花，挖铲碰到石头激起火花，或一盏灯出现故障，或引发"矿火"——在煤灰里自燃的火焰，这种燃烧很难被扑灭。伤亡达上百人的大型矿难时不时会发生，而原因往往是瓦斯爆炸，因此，我们或许会认为瓦斯爆炸是采矿业的最大危险。事实上，大部分事故是常见的矿井事故，特别是塌方。比方说，"壶穴"——矿顶出现环状的孔穴，大得可以砸死人的石头像子弹那样高速掉落下来。根据我的回忆，与我交谈过的矿工中几乎所有的人都认为新的机械和"加速作业"使得开采煤矿变得更加危险，而只有一个人有不同的看法。这或许可以归结为矿工们很保守，但他们的理由很充分。首先，现在开采煤矿的速度意味着连续好几个小时会有一大片地方没有支撑；其次，机器会引起震动，而这会将矿顶震松；此外还有噪声，这使得矿工很难察觉出危险。我们必须记住，矿工在地底下的安危很大程度上维系于他自己的谨慎和技术。有经验的矿工说他们可以本能地察觉出塌方的危险，按照他们的说法，"他能感觉得到头顶上的重量"。比方说，他能听到承压柱的开裂声。大部分矿工喜欢用木头柱子作支撑，而不喜欢铁条横梁，因为木头柱子被压垮前会有声响作为征兆，而铁条横梁会出其不意地弹出来。机器的噪声使得他们根本听不到任何其他声音，因此工作时更加危险。

矿工遇险时不可能立刻展开救援。他被几百英担重的石头重重地压在阴森可怕的地底下，就算他被解救出来，也得被拖着走上一英里或更远的路程，经过那些没有人能站直的矿道。你问那些受过伤的人，他们会告诉你，他们被救援到地上往往得花几个小时。有时，矿笼会发生事故。矿笼在几百码深的矿井中上下穿梭，速度和火车一样快，而在地上操作的人根本看不到发生了什么事情。他有精密的指示器告诉他矿笼的行进过程，但他仍有可能犯错，矿笼高速坠落到矿底这类惨剧发生过不止一次。我觉得这种死法很恐怖，因为当那个小小的铁笼在漆黑一片中呼啸坠落时，有那么一小会儿，困在里面的十个矿工一定察觉到出事了，在他们被砸成碎片之前的那几秒钟到底是什么情形实在是难以想象。一个矿工告诉我，有一次他在矿笼里，结果出了事故。矿笼没有按照操作慢下来，他们认为缆绳一定是断了。结果他们安全地到了矿底，但当他踏出矿笼时，他发现一颗牙齿掉了，原来他一直紧咬牙关，期待着那恐怖的砸落。

除了矿难之外，矿工们似乎都很健康，这好像是天经地义的事情，因为他们得干沉重的体力活。但他们容易得风湿病，而且，由于在满是灰尘的空气中久待，肺都不大好，但最具代表性的职业病是眼球颤震。这是一种眼疾，眼球一接触到光就会奇怪地震荡。这或许归因于他们在半漆黑甚至完全漆黑的环境中工作，有时候会完全致盲。因这种情况或其他情况而致残的矿工会得到矿业公司的赔偿。有时是一笔钱，有时是每周支付的抚恤金。这笔钱最多只有 29 先令一周，如果这笔钱不足 15 先令，丧失视力的矿工可以到公共援助委员会那里领救济金。如果我是丧失视力的矿工，我希望能得到一次性赔偿，因此这样我能确保赔偿金到手。残疾抚恤金不是由中央财政拨款进行保障，因此，假如矿业公司倒闭的话，这笔赔偿金也就中止发放了，虽然他也算是债权人之一。

在威根，我曾和一个矿工住在一起，他一直为眼球颤震所苦，只能看得见一屋之隔的东西，再远就不行了。他靠 29 先令一周的赔偿金过了几个月，但矿业公司准备将他转成"部分赔偿"，一周只给 14 先令。这取决于医生是否认为他适合进行轻体力劳动。即使医生真的作出这一诊断，他也找不到什么轻体力的活儿，但他可以去领救济金，这样公司一星期可以节省 15 先令。看着那个人去公司领他的赔偿金，我深深地震惊于"社会地位"直到今天依然是多么重要。这个人曾在最有意义的岗位上工作，如今陷入半失明的困境，领这笔赔偿金是天经地义的事情。然而，他不能对这笔赔偿金有任何要求——他不能想什么时候拿就什么时候拿。他得每周按照矿业公司指定的时间去公司，到了那儿，他得在寒风中等候几个小时。据我所知，他得碰碰帽子，向支付赔偿金的人表示谢意，而且得浪费一整个下午，还得花 6 个便士搭乘巴士。而资产阶级人士的情况则很不一样，即便是像我这样穷困潦倒的人也一样。就算我冻馁交加，我的资产阶级身份仍赋予我一定的权利。我挣的钱并不比矿工多多少，但我的报酬会以体面的方式存入我的银行账户，我可以不受约束地提取这笔钱。就算我的账户上一分钱也没有，银行里的人还是很客气。

工人阶级的生活就是这样，有很多小麻烦，被人侮辱，被丢在寒风中苦等，做任何事情都得等别人方便时才行。种种的压迫使得一个工人变得非常迟钝。他退缩畏惧，凡事都很被动。他觉得自己是某个神秘权威的奴隶，坚信"他们"不允许他做任何事情。有一次我去拾煤时，问那些工资很廉价的拣煤工（他们一小时挣不到6便士）为什么他们不组建工会，他们立刻告诉我"他们"不会同意的。"他们"是谁？我问他们。没有人知道答案，但显然，"他们"无所不能。

一个出身资产阶级的人会认为，只要在合理范围内，他的愿望都可以获得满足。因此在艰难时期，"受过教育"的人会挺身而出；他们并不比别人有能力，而他们的"教育"通常一无是处，但他们习惯于别人顺从他，有那么一种发号施令的勇气。无论何时何地，人们都认为他们理所应当会挺身而出。在利萨加勒①的《巴黎公社史》中，有一段有趣的文字，描写巴黎公社被镇压后的枪毙现场。当局准备枪毙领导起义的主谋，却又不知道谁是主谋，于是以"阶级出身较好的人有可能是主谋"这一指导思想去寻找嫌疑犯。一个长官走过一排囚犯，挑出长相可疑的人。一个囚犯被枪毙了，因为他戴了个手表，另一个囚犯被枪毙了，因为"他长得像个知识分子"。我可不希望因为长得像知识分子而被枪毙，但我同意，在几乎所有起义中，领袖总是那些发得出"H"音的人②。

---

① 普洛斯帕·奥利维尔·利萨加勒（Prosper Olivier Lissagaray，1838—1901），法国历史学家。
② 在英国，许多包括伦敦土话（Cockney）在内的方言都习惯不发单词中的"H"音，而受过良好教育的人士则会使用标准发音。口音在当时的英国是判断一个人阶层地位的重要标志。

第四章

　　走在工业城镇中的时候，就像置身于迷宫里面，到处是毫无规划、破败不堪、被烟熏得发黑的砖屋，杂乱无章地绕着泥泞的小巷。煤渣铺成的院子非常狭小，摆放着散发恶臭的垃圾桶，挂着一排排肮脏的待洗衣物，还有破旧的厕所。这些房子里面的情况都差不多，只是房间从两间到五间不等。似乎所有房子的客厅都差不多，十到十五平方英尺，有一个开放式的厨房，比较大的房子有碗碟洗涤处，而小一些的房子则把水槽和水龙头安在客厅里。房子后面有小院子，有时是几户人家共用一个院子，大小只能容得下垃圾桶和厕所。没有一座房子安装了热水。我猜想，你就算走上几百英里这种矿工居住的街道，也找不到一座能淋浴的房子，而住在这里的矿工每天上班回来，从头到脚一片漆黑。在厨房里安装热水装置并不费事，但不装热水装置的话建筑商每座房子或许可以省上 10 英镑，而建造这些房子的时候，他们根本没有想过矿工们得洗澡。

　　大部分的房子已经有起码五六十年的历史了，许多根本不适合居住。这些房子一直租得出去，只是因为除此以外就没有其他房子了，而这是工业城镇最基本的事实。这里的房子狭小丑陋，肮脏破旧，分布在污秽不堪的贫民区，周围都是浓烟滚滚的铸造厂、臭气熏天的下水道和弥漫着硫烟的矿渣堆——这些情况全都属实——但最重要的是，这里根本没有足够的房子。

"住房紧缺"是自战争以来[1]广为流传的一个术语，但对于那些每周收入多于 10 英镑，甚至只要多于 5 英镑的人来说，这根本不是问题。在租金贵的区域，真正的困难不是找房子，而是找租客。到上流住宅区的街道转悠一下，你会看到有一半的窗户挂着"出租"的招牌。但在工业区要住进房子却十分困难，这是贫困现象最糟糕的情况之一。它意味着人们愿意忍受一切——他们顾不上屋子破了个洞或墙角很脏乱，也顾不上臭虫横行、地板腐烂、墙壁破裂，更顾不上房东的盘剥和中介的勒索，但求能有一瓦遮头。我到过情况非常糟糕的房子，就算你付钱给我也不愿意在里面住上一周。我发现里面的租客都已经住了二三十年，心里只盼望着能在那里安享天年。大体上，这些情况被认为是理所当然的事情，虽然不总是这样。有的人似乎根本不知道什么才是好房子，觉得有臭虫和屋顶漏水是天经地义的事情；有的人对房东破口大骂；但除非万不得已，他们绝不会搬出去，害怕会有更糟糕的事情发生。只要住房紧缺的问题继续存在，地方政府就很难有所作为去改善居住环境。他们可以让房子"报废"，但不能下达拆房的命令，除非租客能搬到另一处地方。因此，那些报废的房屋继续有人住，而且会一直破败下去，因为房东根本不会掏钱进行修葺，反正迟早都会被拆除。在威根这样的城镇，已经报废多年的房屋有两千多座，整座城镇的房屋将成片报废，得兴建其他房屋代替它们才行。在利兹和谢菲尔德这样的城市，"背靠背"式的排屋有好几千座，全部已经报废了，但还会继续被用上几十年。

我对许多矿镇和矿村的房屋进行过了解，并对主要的特征

---

[1] 指一战。

做了记录。我将随机列举几则笔记摘要，让你了解一下那里的情况。这些只是简略的记录，我会作必要的解释。这里是几则对威根住房情况的记录：

1. 沃盖特区的房屋。完全无采光。上面一间，下面一间。客厅大小：12英尺乘10英尺，楼上房间大小一致。楼梯下有小间，大小为5英尺乘5英尺，当食物储藏室、洗碗处和储煤间用。窗户可以打开。距离厕所50码远。房租：4先令9便士；各种费用：2先令6便士；总计：7先令3便士。

2. 附近另一座房子。大小如上，但楼梯下没有小间，只有一个两尺深的壁凹，装了水槽——没有食物储藏室，其他情况相同。租金：3先令2便士；费用：2先令；总计：5先令2便士。

3. 斯科尔斯区的房子。报废的房子。上面一间，下面一间。房间大小：15英尺乘15英尺。客厅有水槽和铜水龙头，楼梯下有储煤间。地板下陷。窗户打不开。房子很干爽。房东好。房租：3先令8便士；费用：2先令6便士；总计：6先令2便士。

4. 另一间附近的房子。上面两间，下面两间，有储煤间。墙壁几乎要垮了。楼上房间漏水严重。地板倾斜。楼下的窗户打不开。房东不好。房租：6先令；费用：3先令6便士；总计：9先令6便士。

5. 格林诺路的房子。上面一间，下面两间。客厅13英尺乘8英尺。墙壁行将破裂，漏水。后窗打不开，但前窗可以打开。一家十口人，八个是岁数接近的孩子。因过度拥挤市政局打算将其迁移，但尚未找到房子安置。房东不好。租金：4先令；费用：2先令3便士；总计：6先令3便士。

对威根的描述到此为止，还有很多类似的记录。以下是一则对谢菲尔德一座房子的描述——这座房子在谢菲尔德数千座背靠背式的房子中堪称典型：

托马斯街的房子。背靠背式。上面两间，下面一间（这是一座三层楼的房子，每一层各有一个房间）。有地窖。客厅14英尺乘10英尺，楼上房间大小一样。客厅安置了水槽。顶层没有门，直接连着楼梯。客厅的墙壁有点潮湿，顶楼的墙壁已破裂，四面渗水。房子阴暗，需要一整天开灯。电费估计得6便士一天（或许过于夸张）。一家六口人，两个大人四个小孩。丈夫（到公共援助委员会领救济金）患肺结核。一个孩子住院，其他孩子看似健康。一家人已居住了七年。希望搬迁，但找不到其他房子。租金：6先令6便士，已包括费用。

以下是关于巴恩斯利的几则描述：

1. 沃特利街的房子。上面两间，下面一间。客厅12英尺乘10英尺。客厅安置了水槽和铜水龙头。楼梯下有储煤间。水槽已几乎被磨平，水经常满溢。墙壁不是很坚固。有投硬币的煤气灯。房子很暗，点煤气灯大概一天花4便士。楼上由一间大房隔成两间小房。墙壁情况很糟糕——里室的墙壁已完全裂开。窗框支离破碎，只能垫木片。几处地方漏雨。下水道流经屋底，夏天恶臭难当，但市政局表示"暂时无能为力"。屋里住六口人，两个大人，四个孩子，最大的十五岁。最小的孩子进了医院——怀疑得了肺结核。房子里臭虫很多。租金：5先令3便士，已包括费用。

2. 皮尔街的房子。背靠背式的建筑。上面两间，下面两间，有大地窖。客厅10英尺见方，安置了水槽和铜水龙头。楼下另一间房大小一样，或许本来是客厅，但改成了卧室。楼上与楼下的房间大小一样。客厅非常阴暗，煤气灯大概得花4.5便士一天。距离厕所70码。家里有四张床，睡八个人——一对年迈的夫妇，两位年轻女性（大的二十七岁），一位年轻男性和三个孩子。父母有一张床，最大的男孩单独睡一张床，另外五个人睡两张床。蚊虫很多——"天气一热根本受不了"。楼下的房间无法用言语形容，楼上臭气熏天，难以忍受。租金：5先令7.5便士，已包括费用。

3. 梅普威尔（巴恩斯利附近的一个村子）的房子。上面两间，下面一间。客厅14英尺乘12英尺。客厅安置了水槽。墙壁上的灰泥正在剥落。炉子没有支架。有轻微的煤气泄漏。楼上的两间房大小都是10英尺乘8英尺。屋里有四张床（睡六个人，都是成年人），但"一张床睡不了"，可能是缺少被单。靠近楼梯的房间没有门，楼梯没有扶栏，因此下床时很容易踩空，从十英尺高的地方摔到石头地板上。地板严重腐烂，可以看到楼下的房间。有臭虫，"但我用羊粪将它们熏走"。一条泥泞的土路经过这里的房屋，据说到了冬天几乎无法穿行。花园的一端修了石头砌成的厕所，已处于半失修的状态。这座房子的租客已经住了22年，拖欠了11英镑房租，每周多付1先令以偿还欠款。现在房东不肯以这种方式还债，勒令他们搬迁。房租：5先令，已包括费用。等等等等。

我可以给出更多的描述——如果有人愿意到工业区逐座逐座地巡视房子的话，这样的描述会出现数十万次。与此同时，我得对一些用语进行解释。"上面一间，下面一间"指的是每层楼各有一个房间——也就是一座二居室的房子。"背靠背式"的房子指的是一座房子被一分为二隔成了两座，前后两面都各是一座房子的前门；因此，如果你走过这样的一排房子，数到了十二，事实上你看到的不只是十二座房子，而是二十四座房子。前面的房子通往街道，后面的房子通往院子。每座房子只有一个出入口，而后果就是，由于厕所位于后面的小院，如果你住在临街的那套房子的话，要上厕所或扔东西进垃圾桶，你得走出前门，绕过街区的尽头——这段路或许会有两百码远。如果你住在后面那座房子的话，你望出去就是一排排厕所。还有一种叫做"背部无采光式"的独立房屋，建筑商没有安设后门——显然只是为了刁难住客。窗户不能打开是矿镇老建筑的一个特色。有的矿镇历经了长时期的煤矿开采，地面不停地下陷，上面的房子就向一边倾斜。在威根你会走过成排的房子，角度已经倾斜到令人震惊的角度，窗户偏离了水平线得有 10 到 20 度。有时，前面的墙鼓了出来，看上去就像怀胎七月的肚子一样。墙面可以进行重修，但过不了多久新的墙面又会开始突出来。当一座房子突然下陷得厉害时，窗户会永久地卡死，门也得重新装配。这在当地是司空见惯的事情。有一个矿工上班后回家，发现前门根本打不开，只能用斧头将其劈开才能进屋，这个故事当地人只是觉得很好笑。有时我会注明"房东好"或"房东不好"，因为住在贫民窟的那些租客对房东的评价差别很大。我发现——或许有人猜得出来——地位卑微的房东态度最不好。这似乎不合常理，但你可以理解个中原因。有的人会以为最不好的房东是肥肥胖胖的黑心汉，或许是一个主教，靠着压榨租金大发横财。事实上，一个穷苦的老太婆倾其毕生的积蓄买了三座贫民窟的房子，自己住一座，想靠着另外两座房子的租金生活——她才不肯掏一分钱修葺房子呢。

这些简单的记录唯一的价值是让我不至遗忘。当我阅读这些记录时，眼前似乎浮现出我曾经目睹的情景，但这些记录根本无法让读者对北方贫民窟极其恶劣的条件有所了解。语言是苍白无力的。像"屋顶漏水"或"四张床睡八个人"这样的语句到底有什么用？它们就在你的眼皮底下溜过，而你毫无感触。但是，这些语句掩盖着形形色色的悲剧！以过度拥挤为例，八到十个人住在一座三居室的房子里是常见的事情。三间房中一间是客厅，大概十来英尺见方，除了厨房和水槽外，还要摆桌子、椅子和碗柜，也就没有地方摆床。因此，这八到十个人得窝在顶多摆四张床的两间小房里。而大人要上班，情况就更加糟糕。我记得有一座房子，三个成年的女孩子睡一张床，上班的时间都不一样，每个人起床或回房都会吵到另外两个人。有另一座房子，年轻的矿工干夜班，白天就在狭小的床上睡觉，晚上腾给家里另一个人睡。如果孩子到了发育期，问题就更麻烦了，因为你不能让十来岁的男孩和女孩睡同一张床。我参观过一户人家，父母两人外加大约十七岁的儿子和女儿，家里却只有两张床。于是，父亲和儿子睡，母亲和女儿睡，这是避免乱伦悲剧的唯一办法。还有屋顶漏水和墙壁渗水的惨状，到了冬天，房子几乎根本住不了人。此外，还有臭虫的问题。一旦臭虫进来了，除非将房子捣毁，否则根本无法将其清除。接着还有窗户打不开的问题。这个问题相信不用我多说。到了夏天，在狭小闷热的客厅里，做饭要生火烧火，酷热难当可想而知。背靠背式的房屋还另有一种特别的不堪。走五十码远才能上厕所或倒垃圾，这只能让住客不讲究卫生。前屋——尤其是地处偏僻街道的屋子，市政局不会去管那里——女人总是将垃圾丢出前门，于是阴沟里总是堆满了茶叶和面包屑。而在后屋里长大的小孩看到的只有一排排厕所和一堵破墙，想想就觉得可怜。

在这种地方，女人是可怜的苦力，要干的活儿怎么也干不完。她或许可以强打精神，但根本无法维持干净和整洁。她总是有事情要做，没有闲暇，家里局促得几乎转不了身。你刚洗干净一个孩子的脸，另一个孩子的脸就脏了。你还没有把上一顿饭的碗碟洗完，下一顿饭又得做了。我参观过的房子差别很大。有的房子尽可能地保持整洁，而有的房子非常糟糕，根本无法以言语进行表述。最主要的是里面的味道，根本不知道该怎么形容。而且非常肮脏，杂乱不堪！这里摆着一个盛满臭水的水盆，那里摆了一个堆着还没洗的碗碟的盆子，墙角边堆着瓶瓶罐罐，破破烂烂的报纸到处乱丢，客厅的中间总是摆着一张桌子，上面铺着黏糊糊的油布，搁着一堆锅碗、餐具、破了洞的长袜和油腻腻的报纸，里面包着一片片发霉的面包和零星的奶酪！房间里堆满了东西，从一头走到另一头得绕过几件家具，走两步就会碰到一排潮湿的衣物，孩子们就像蘑菇一样缠着你的脚！在我的记忆中，有些情景至今仍印象深刻，难以忘怀。在一座小矿庄里有一户人家，客厅几乎空荡荡的，全家人集体失业，每个人看上去都营养不良；儿子女儿都成年了，漫无目的地游荡。他们都长着红头发，身材高大，但由于营养不良、无所事事，脸上带着痛苦的神情；有一家人的儿子人高马大，无精打采地坐在火堆边，连陌生人进来都没有察觉，慢悠悠地从一只脚上将黏糊糊的袜子脱下来。在威根有一间房特别恐怖，所有的家具似乎都是用货箱和木桶搭成的，就快散架了；有一个老太婆，脖子上黑乎乎的，披散着头发，操一口兰开夏—爱尔兰口音大骂她的房东；她的母亲，九十多岁了，坐在角落里的一个木桶上——那是她的便桶，发黄的脸毫无表情，像白痴一样看着我们。回忆中这些类似的情形我可以写上许多页。

的确，这些人的房子搞得这么脏，有时是他们自己的错。就算你住的是背靠背的房子，家里有四个小孩，只靠公共援助委员会每周32先令6便士的救济金过日子，你也不能把没倒空的夜壶摆在客厅里不管。但是，我们也知道，在这种环境中生活，人们没有自尊的念头。决定性的因素或许取决于有多少孩子。我所见到的整洁的家庭大都是没有孩子的家庭，或只有一两个孩子。而三居室的房了如果有六个孩子的话，根本不可能保持整洁。值得注意的是，最邋遢的房间从来不会在楼下。你参观了几座房子，可能包括那些最穷苦的失业家庭，然后形成错误的印象。你可能会觉得这些人其实没有那么惨，他们还有几件家具和锅碗瓢盆。但楼上房间的情形才能真正体现穷困的窘境。这到底是因为人们出于自尊，仍保留着客厅的家具，还是因为被褥床单能典当个好价钱，我不知道，但我所见过的许多卧室情况都非常糟糕。我可以肯定地说，那些经年累月失业者只有少数人家里有完整的被褥床单。房间里经常没有一样可以称之为"被褥床单"的东西——只有一堆旧衣服和花色各异的破布，铺在一张生锈的铁架床上。这种情况使得过度拥挤的问题更加严重。我认识一户人家，有四口人，父母两人和两个孩子，家里有两张床，但只睡一张床，因为另一张没有床单。

如果有人想了解住房紧缺所造成的可怕后果，他们应该去参观遍布于许多北方城镇的大篷车住所。自从战争以来，由于根本没有希望找到房子住，相当一部分人搬进了由固定的大篷车临时搭建的住所。以威根为例子，这里的人口是85 000人，有 200 座大篷车住所，每一座住一户人家——总数大概有上千人。在工业城镇到底有多少人住在这种大篷车住所里是很难确切统计的数字。地方政府对这种情况保持缄默，1931 年的人口统计报告似乎已经决定将这些人忽略不计。但根据我访问的结果，他们遍布于兰开夏和约克夏以及再往北的诸郡中大部分规模较大的城镇。或许，在英国北部，有数千户家庭，甚至数万户家庭（不是个体）居无定所，只能在大篷车里生活。

但"大篷车"这个字眼很有误导性，让人联想到吉卜赛人舒适的露营生活（当然是在明媚的天气），篝火噼噼啪啪地响着，孩子们在拾黑莓，五颜六色的衣服在晾衣绳上迎风招展。威根和谢菲尔德的大篷车社区根本不是这个样子。我见过几座大篷车，在威根我还仔细观察过。除了在远东地区，我从未见过这么悲惨的情形。事实上，看到这些大篷车的时候，我立刻想起了缅甸那些印度苦力所居住的肮脏的狗窝。但实际上，远东的情况并没有这么糟糕，因为在那里没有深入骨髓的湿冷，还有阳光作为消毒剂。

威根泥泞的运河两岸是一块块荒地，大篷车就抛在那里，像桶里掉出来的垃圾。有几辆真的是吉卜赛大篷车，但都已经破旧失修。大部分是破旧的单层巴士（十年前那种比较小的巴士），轮子被拆掉了，用木头架了起来。有的是普通的马车，上面钉了半圆形的板条，外面盖了一层帆布，里面的人和外面的气温就靠这一层帆布隔开。在里面，这些住所大概宽约五英尺，高约六英尺（无论在哪辆大篷车里我都无法站直身子），长约六到十五英尺。我猜想有的大篷车才住一个人，但我所见到的都住两个人以上，有的甚至住了整整一大家子。比方说，有一辆大篷车长十四英尺，住了七个人——七个人挤在四百五十立方英尺的空间里，也就是说，每个人所占有的空间比公厕的隔间还要小得多。这些地方的肮脏和拥挤除非你亲眼见到，亲眼闻到，否则根本无法想象。每一辆大篷车都有小小的厨房，塞进了一些家具——有时是两张床，但更多情况下是一张床，整家人得尽量蜷着身子睡觉。睡地板是几乎不可能的事情，因为下面会渗入潮气。我见过一张床垫，到了早上十一点还是湿漉漉的。到了冬天车里非常冷，厨房必须日夜烧火，不消说，窗户必须一直紧闭着。一个公共水龙头供应着整片地方的用水，有的大篷车住客得走150到200码去取一桶水。这里根本没有卫生设施，大部分人在大篷车旁边的一块空地上搭一个小屋权当厕所，每周挖一口深坑将屎尿填埋掉。这些地方我见过的人，尤其是孩子，都脏得出奇，那些大人我猜也好不到哪里去，保持干净是不可能的事情。当我从一辆大篷车走向另一辆大篷车时，我的脑海里萦绕着一个问题：如果有人死在里面，该怎么办？当然，你不会开口去问他们这个问题。

有的人在大篷车里住了许多年。理论上，市政局在清除这些大篷车定居点，让住在里面的人住到房子里去，但房子一天没有修好，大篷车就会继续存在一天。我和大部分人聊过天，他们已经放弃了搬进像样的住所这个念头。他们全都没有工作，找到工作和住所对他们来说，似乎是遥不可及的幻想。有的人似乎满不在意，但其他人清楚地知道自己身处何等糟糕的境地。我的脑海中总是浮现着一个女人的脸，那张脸饱经风霜，像一个骷髅，带着堕落而悲哀的神情。我猜想，在这么一个邋遢的地方，她努力想让自己的那一大群孩子保持干净，心里的感觉应该就像我全身上下沾满了屎尿时的感觉。我们必须记住，这些人不是吉卜赛人，他们是体面的英国人，除了生在长在里面的孩子，他们全都有过自己的房子。而且，他们的大篷车要比吉卜赛人的大篷车差得多，没有到处云游的便利。毫无疑问，仍有中产阶级人士认为下层社会的人不在乎自己的情况，如果他们碰巧坐火车经过大篷车社区，他们会立刻认为，住在那里的人是自愿住进去的。现在我不和这些人进行争辩了，但我要指出，住在大篷车里的人并不是为了省钱才住在里面，因为他们所付的租金其实和租房子住一样贵。我从未听说过有低于 5 先令一周的租金（二百立方英尺的空间要 5 先令！），有的大篷车的租金甚至要 10 先令。有人靠着这些大篷车发了财！显然，大篷车能继续存在，是因为住房紧缺，而与贫穷没有直接的联系。

我曾经和一位矿工交谈过，我问他住房紧缺的问题在他那一区什么时候变得很严重，他回答说："直到他们告诉我们的时候。"这意味着直到不久之前人们对于居住的要求很低，几乎任何程度的拥挤都被认为是天经地义的事情。他补充说，在他小时候，家里十一口人睡同一个房间，根本不觉得有什么。后来，他长大了，和妻子住在那种旧式的"背靠背"房子里，上个厕所得走几百码远，到了那儿经常还得排队，因为这间厕所供三十六口人使用。当他的妻子患了绝症时，她仍得走两百码的路去上厕所。他说，大家都学会了忍受，直到"有人告诉他们"。

我不知道他所说的情况是否属实，但能肯定的是，现在没有人认为十一口人睡一个房间是可以忍受的事情，即使是那些收入丰厚的人也开始重视贫民区的问题。因此，大家都在谈论"房屋重建"和"贫民区拆迁"，这些工作自从战后就断断续续地进行。主教、政客、慈善家都在谈论"贫民区拆迁"，因为这样一来，他们就可以将人民的注意力从更严重的罪行那里转移开去，似乎只要你拆除了贫民区，贫困问题就得以解决了。但所有的清谈收效甚微。迄今为止，我们发现住房紧缺的问题并没有得到改善，比起几年前或许还变得糟糕了一些。不同的城镇解决住房问题的速度相差很大。在一些城镇，房屋的营造似乎毫无进展，而在其它城镇房子建得很快，私人房东被抢走了生意。以利物浦为例，这个城市大部分地方被改造了，市政局居功至伟。谢菲尔德拆迁重建的进度算快的了，但是那里的贫民区情况最为糟糕，重建的速度还不够快。①

　　为什么整体上房屋重建的工作如此缓慢？为什么有的城镇能比别的城镇更轻松地获得贷款进行房屋建设？这些问题我不知道答案，得交给那些比我更了解市政事务的人去解答。一座市政局公屋的造价是 300 到 400 英镑，直接请人建造要比交给承包商成本低一些。这些房子平均一年的租金不计入开支费用要 20 多英镑，因此，算上各种成本和贷款利率，只要房子租得出去，市政局还是有利可图的。当然，很多时候，这些房子的租客都是些领救济金的人，所以地方政府只是将钱财从一只手倒腾到另一只手——以救济金的形式发放出去，再以住房租金的形式收回来。但反正他们必须支付救济金，而目前这些钱中，有很大一部分流入了私人房东的口袋里。房屋营建工作的缓慢进度被归因于缺钱和获得土地很困难——因为市政局公屋不是零星建设，而是建成一整片住宅区，有时好几百座房屋同

----

① 原文注：1936 年谢菲尔德在建市政局公屋的数目是 1 398 座，要实现贫民区的改造，谢菲尔德需要营建 10 万座房屋。

时动工。有一件事我总是想不通：许多北方城镇在营建宽敞奢华的市政建筑，与此同时，他们又急需解决住房紧缺的问题。举个例子：最近巴恩斯利花了将近 15 万英镑建造市政厅，而政府承认工人阶级至少需要 2 000 座房屋，这还没有包括公共浴室。（巴恩斯利有 19 座男性公共浴室——而这里有 7 万个居民，大部分是矿工，没有一个人自家有浴室！）这 15 万英镑足以营建 350 座市政局公屋，还能剩 1 万英镑用于市政厅建设。然而，正如我说过的，我不懂市政事务如何运作，我只是记录这么一个事实：英国迫切需要解决住房问题，而大体上，房屋的兴建进度非常缓慢。

不管怎样，房屋的兴建正在进行，市政局的住宅区矗立着一排排红色的房屋，看上去全都长得一个模样，就像一个豆荚里生出的两颗豌豆，（这句俗话是从哪里来的？豌豆还是很有个性的。）成为工业城镇郊区的一大景致。这些房子怎么样？比起贫民区的房子哪一个好？我可以列举日记中所记载的两个例子，让你有所了解。租客们对房子的意见大相径庭，因此，我举的例子一个是正面的评价，另一个是负面的评价。这两个例子都取自于威根，两座都是稍微廉价一些的"单客厅型"房屋。

1. 榉树山住宅区的房子

楼下：客厅很大，有厨房、壁炉、碗橱和固定的梳妆台，合木地板，玄关很小，厨房较大。有新式电炉，向市政局租赁，价格与煤气炉差不多。

楼上：两间宽敞卧室，一间小卧室——只适合当储物室或临时卧室。有浴室、厕所，冷热水都有。

小花园。这个住宅区的花园大小不一，但大部分只是一小块空地。

家里住四口人，父母和两个孩子。丈夫有份好工作。房子
似乎建得不错，看上去不寒酸。限制较多，例如，不能养家禽
或养猪，不得接纳住客，不得转租，未得市政局许可不得经营
任何生意。（不得接纳住客这一条可以理解，但其他条款则值
得商榷。）住客们对房子非常满意，觉得很自豪。这个住宅区
的房子保养得不错，市政局很注重维护，并敦促住客要保持地
方的整洁，等等。

租金：11 先令 3 便士，费用已包括。进城的巴士车费是 2
便士。

2. 威利住宅区的房子

楼下：客厅 14 英尺乘 10 英尺，厨房比这小很多，楼梯下
有小小的储物间，浴室很小但还不错，墙上有小衣柜，有煤气
炉和电灯，厕所在屋外。

楼上：一间卧室 14 英尺乘 10 英尺，有一个小小的壁炉；
另一间卧室面积相同，没有壁炉；另一个房间 7 英尺乘 6 英
尺；最好的卧室有嵌墙的小衣柜。

花园大小是 20 码乘 10 码。

家里住六口人，父母和四个孩子，大儿子十九岁，大女儿
二十二岁。除了大儿子外，其他人都失业。他们对住房很不满
意，抱怨意见如下："房子太冷了，阴风阵阵，而且很潮湿。
客厅的壁炉根本不暖和，还弄得到处是灰——因为修得太低
了。最好的卧室里的壁炉太小，根本没有任何作用。楼上的墙
壁开裂了，由于小卧室根本派不上用场，五口人睡一间房，另
一个（大儿子）睡一间房。"

这个住宅区的花园都缺乏照料。

租金：10 先令 3 便士包费用。距离城里有一英里多的路程，没有巴士。

我可以再列举其他例子，但这两个例子已经足够了，因为市政局营建的公屋差别并不是很大。有两件事可以立刻感受到：首先，市政局公屋就算再差，也比它们所取代的贫民区旧房好，单单是有浴室和花园这两点已经足以弥补其他不便。其次，这些房子的租金都很贵。住在报废房屋里的人每周只需要付 6、7 先令，而搬进市政局公屋得付 10 先令。这一情况影响的是在职人士，因为那些领救济金的人四分之一的金额被视作房租，而如果房租多于救济金的四分之一，他们可以获得额外的津贴。不过，市政局公屋分为不同的等级，有的房屋领取救济金的人不能申请入住。但是，市政局住宅区其他方面的生活成本很高，无论你是在职人士还是失业人士都会受影响。首先，由于租金很高，住宅区里商店的东西要贵得多，而且商店的数目很少。其次，这里不像贫民区那么拥挤，房子都是独立的，而且面积比较大，气温要冷很多，需要更多的燃料取暖。再次，往返城镇需要花钱，尤其是对于上班族来说。最后这一项是房屋重建所带来的最明显的问题。贫民区拆迁意味着人口的扩散。当大规模重建进行时，城镇中心的人口被重新分配到郊区。这在一方面是好事，因为你让人们离开恶臭的街巷，搬到他们可以畅快呼吸的地方；但站在他们的角度，你所做的，是把他们丢到离工作地点五英里远的地方。最简单的解决办法是修建公寓。如果人们想住在大城市里的话，他们必须住进层层叠叠的公寓楼里。但北方的工人不喜欢公寓楼，公寓楼被轻蔑地称为"群租间"。几乎每个人都会告诉你,"他想要一座自己的房子。"显然,一间坐落于延绵上百码长的街区中间的房子在他们看来,比一间悬在半空的公寓更像是"自己的产业"。

回顾一下我刚刚提到的第二座市政局公屋,里面的租客抱怨房子又冷又潮。或许房子的确建得不怎么样,但或许他们是在夸大其词。他们刚从威根市中心污秽的贫民区搬出来,而那个地方我刚好进行过考察。在贫民区住的时候,他们想尽办法要住进市政局公屋,而一住进去,他们又想回贫民区。他们似乎很吹毛求疵,但这种抱怨是可以理解的。我发现许多住在市政局公屋里的人,或许有一半左右,并不喜欢那里。他们很高兴能摆脱恶臭熏天的贫民区,他们知道孩子们能有地方玩耍是件好事,但他们并没有家的感觉。只有那些有份好工作,负担得起燃料、家具和车费的人,那些"地位优越"的人才不会这么觉得。那些住过贫民区的人都很怀念那里难闻却很暖和的环境。他们抱怨说"在这荒山野岭",即城镇的郊野,"他们饿坏了(冻坏了)。"的确,大部分市政局住宅区在冬天的确很荒凉。有的地方我去过,坐落于光秃秃的土丘上,刺骨的寒风席卷那里,住起来的确不舒服。贫民区的住客并不像大腹便便的中产阶级人士所想象的那样,喜欢肮脏拥挤的环境。(请参阅高尔斯华绥①的《天鹅之歌》里面关于贫民区拆迁的对话,食利阶层的人一直认为是贫民区的住客造就了贫民区的状况,而不是贫民区的状况造就了那里的人,这番话通过一个犹太人慈

---

① 约翰·高尔斯华绥(John Galsworthy,1867—1933),英国作家,曾获得1932年诺贝尔文学奖,作品有《岛国法利赛人》、《福尔赛世家》等。

善家之口说了出来。)给人们一间整洁的屋子，他们很快就学会保持房子的整洁。而且，能住进像样的房子，他们会提升自尊，改善卫生，他们的孩子能有更好的机会开始生活。尽管如此，住在市政局公屋里很不舒服，就像坐牢一样，住在那里的人都清楚地感觉到这一点。

现在我们将开始了解住房问题最主要的困难。当你走过曼彻斯特烟雾缭绕的贫民区时，你所想的只是将这片可恶的地方全部清除，然后营造像样的房屋。但问题是，清除贫民区的同时，你也破坏了一些东西。住房的需要很急迫，而建设的速度还不够快，但正在进行的新居安置工作——或许这是无可避免的——非常不近人情。我指的并不只是新的房屋很难看。所有的房屋都曾经是新房子。事实上，现在正在营建的市政局公屋算不上难看。在利物浦的郊区，有成片的小镇完全由市政局公屋构成，它们看起来赏心悦目。我猜想这里市中心的那些工人住宅楼是仿照维也纳的工人住宅楼而建的，盖得都很不错。但整个地方让人觉得很冷漠，很没有人情味。比方说，在市政局公屋里住，你得接受许多约束。你不能随心所欲地布置自己的家和花园——有的住宅区甚至规定每座花园的篱笆必须一样。你不能养家禽或鸽子。约克夏的矿工很喜欢在自家后院养鸽子，星期天放出来让它们飞一下。但鸽子很脏，所以市政局严令禁止。对于商铺的限制更加过分。市政局住宅区的商铺数量受到严格限制，据说合作社和连锁店更受青睐。事实或许并非如此，但人们在住宅区看到的情况经常是这样。这对普罗大众来说是很糟糕的事情，而站在小商铺店主的角度，这是一场灾难。有些地方的新居安置计划根本没有注意到小商铺店主的存在，令许多人倾家荡产。整片整片报废的房子被拆除，人们被迁徙到数英里外的住宅区生活。那些小商店的老主顾被一锅端赶走了，店家却得不到任何补偿。他们无法把商铺迁到住宅区，因为就算他们负担得起搬迁的成本和高昂的租金，他们或许连营业执照也办不下来。至于酒馆，他们几乎都不能在住宅区营业，剩下为数不多的几间都是阴沉沉的仿都铎①时期的酒馆，卖的是大公司的酒，价格非常昂贵。对于中产阶级来说，这只是恼人的小事——他们得走上一英里才能喝上一杯啤酒。而对于工人阶级而言，小酒馆就像他们的俱乐部，这是对社区生活的一大打击。让贫民区的住客搬进像样的房了是一件好事，但不幸的是，由于我们这个时代的戾气，他们最后一丁点儿的自由也被剥夺殆尽。他们自己感觉到了这一点，而正是这种感觉，让他们有理由抱怨说他们的新房子——比起他们搬出来的房子，新房子就建筑本身而言要好得多——显得冷冰冰的，很不舒服，"没有家的感觉"。

有时我觉得，自由的代价并非永恒的警惕，而是永恒的肮脏。有的市政局住宅区要求住客得先彻底清除身上的虱子才能入住。除了身上的衣服，他们的一切财物必须被拿走，经过烟熏之后再被搬进新房子里。这一程序自有其意义，因为人们将虱子带进新房子可不太好（一有机会虱子就会藏在你的行李里面），但这种事情会让你希望字典里没有"卫生"这个字眼。虱子是不好的事物，但让人们像绵羊一样接受除虱是更不好的事情。或许，我们必须接受贫民区的清除工作就得有这么多的限制，这么不近人情。说到底，最重要的事情是，人们能住进

---

① 指 1485 年—1603 年统治英国的王室，厉行重商主义，促使英国由封建体制过渡到资本主义体制。

像样的房子，而不用住在狗窝里。我见过太多贫民窟了，实在无法像切斯特顿那样高兴得起来。有一处地方能让孩子们呼吸干净的空气，让女人能有些许闲暇不用干那么多辛苦活儿，让男人有个花园可以种地，要比利兹和谢菲尔德恶臭无比的穷街陋巷好得多。总体上讲，市政局住宅区要比贫民区好一些，但也好不了多少。

在我了解住房问题时，我参观了相当数量的房屋，总共大约有一两百间，分布于不同的矿业城镇和村庄。在结束这一章之前，我得说一句，我所探访过的地方，里面的住客都很有礼貌，宽容地接待了我。我不是单独一个人——我有当地的失业朋友带我参观——但即使是这样，走进陌生人的房子里，要求看一看卧室房间墙壁的裂缝始终是冒昧唐突的事情。但是，每个人都出奇地耐心，几乎不需要解释就明白为什么我要问他们问题，我想要看什么。如果有人没有正式的许可就走进我家里，问我屋顶是否漏水，我是不是为蚊虫所苦，我对房东有什么评价，我会告诉他"去死吧"。这种事在我身上只发生过一次，那个女人有点耳聋，以为我是个经济状况调查的密探，但很快她的态度就变得很和蔼，告诉了我想要知道的情况。

有人告诉我，一个作者不能引用对他自己的评论，但在这里我想对《曼彻斯特卫报》的一个评论员提出反驳意见，他对我的一本书作出如是评价：

"奥威尔先生在威根或怀特查佩尔住了一段时间，却对一切美好的事物视若无睹，一心进行诽谤中伤。"

错了。奥威尔先生在威根呆过一段时间，他并没有诽谤中伤的念头。他很喜欢威根——喜欢那里的人，而不是那里的景致。事实上，他对威根只有一点不满，那就是著名的威根码头，他一心想要目睹威根码头的风采，呜呼哀哉！威根码头已经被拆除了，连它原来所处的位置都不知道在哪里。

第五章

当你看到有 200 万人失业这个数字时，你很容易以为只有 200 万人没有工作，而其他人的日子都过得很舒服。我承认直到不久以前，我就是这么想的。我原先是这么计算的：如果登记失业的人是 200 万，加上赤贫的人口，再算上那些由于种种原因没有登记失业的人，英国吃不饱穿不暖的人口（靠救济金生活的人不可能吃饱穿暖）最多也就不过 500 万。

这是一个被严重低估的数字，因为，首先，失业数字所统计的都是那些领取救济金的人——大体上，他们都是一家之主。一个失业男性的家人并没有被计算在内，除非他们另外领一份失业津贴。一个劳工介绍处的官员告诉我，如果要得出靠救济金（不是领取救济金）讨活的人口的确切数字，你必须将官方的数字乘以 3 倍，甚至更多。光这一点就将失业的数字变成了 600 万。此外，还有许多人虽然有工作，但从经济角度看，他们也可以被归入失业者的行列，因为他们所挣的钱远远不足以维持生计。[①]算上这些人和依靠他们生活的家人，再算上领退休金的老人、赤贫人群和其他人，吃不饱穿不暖的人大概得有 1 000 多万。约翰·奥尔爵士[②]得出的数字是 2 000 万。

威根是工业和采矿区的典型代表，以这里的数字为例，交了社保的工人数目大约是 36 000 人（26 000 名男性，10 000 名女性）。在这些人中，1936 年初失业人员的数目是 10 000 人，但那是在煤矿全天候开工的冬天。到了夏天，失业人员的数目是 12 000。将其乘以三,你会得出 30 000 到 36 000 的数字。威根的总人口不到 87 000 人,因此,全部人口中,每三个人就有一人——而不仅仅是登记失业的工人——在领取和依靠救济金生活。那 10 000 到 12 000 名失业人员中,大约有 4 000 到 5 000 名矿工过去七年来一直处于失业的状况。在工业城镇中,威根的情况还不算太糟糕。即使在谢菲尔德,这座城市近一两年来由于战争和战争的谣传经济发展得不错,但其失业人口的比例也好不了多少——每三个工人中就有一人登记失业。

当一个人刚开始失业时,在他的保险印花用光之前,他可以领取"全额补助",具体的数额如下:

单身男性每周 17 先令

妻子每周 9 先令

每一个十四岁以下的孩子每周 3 先令

因此,一户典型的夫妻加三个小孩(一个十四岁以上)的家庭,每周的收入是 32 先令,再加上那个大儿子能挣到的一点钱。当丈夫的保险印花用光了,在被转到公共援助委员会之前,他可以从失业援助理事会那里每周领到 26 先令的过渡期救济金,具体数目如下:

单身男性 15 先令

丈夫与妻子 24 先令

十四至十八岁的孩子 6 先令

---

① 原文注:例如,近期在兰开夏棉花厂的一份人口普查表明,有 4 万名全职雇工每周挣不到 30 先令。仅以普雷斯顿为例,工资在 30 先令以上的只有 640 人,而工资低于 30 先令的有 3 113 人。

② 约翰·波伊德·奥尔(John Boyd Orr, 1880—1971),苏格兰医生、政治家,曾获 1949 年诺贝尔和平奖。

十一至十四岁的孩子 4 先令 6 便士

八至十一岁的孩子 4 先令

五至八岁的孩子 3 先令 6 便士

三至五岁的孩子 3 先令

因此，从失业援助理事会那里，一户五口之家，假如没有孩子在工作的话，每周的收入是 37 先令，而这点救济金有四分之一会被当作房屋租金，每周的最低数额是 7 先令 6 便士。如果他付的租金多于救济金的四分之一，他可以领到额外的津贴，但如果租金少于 7 先令 6 便士，相应的金额会被扣除。公共援助委员会的失业金款项理论上出自地方税，但统一由中央财政提供支持，具体数额如下：

单身男性 12 先令 6 便士

丈夫与妻子 23 先令

最大的孩子 4 先令

其他孩子 3 先令

各个地区的办事机构会对这一标准酌情进行细微调整，一个单身男性或许能每周多领到 2 先令 6 便士，总计能领到 15 先令。和失业援助理事会的情况一样，已婚男性的救济金四分之一被视为房租，因此在五口之家，每周的总收入是 33 先令。而且，大部分地方有煤炭津贴，在圣诞节前后分六周发放，每周 1 先令 6 便士（大概可以买到一英担的煤）。

我们可以了解到，领取救济金的家庭每周的收入大概是在 30 先令左右，其中有四分之一用于支付房租 —— 也就是说，平均每个人，无论是小孩还是大人，吃饭穿衣取暖和其他一切日常所需，一周就只有 6、7 个先令。很大一个群体，在工业地区至少是总人口的三分之一，就是这么生活的。经济情况调查的实施很严格，只要他们知道你在别的地方可以领到钱，失业救济就会立刻被中止。比方说，码头工人一般是按半天被雇佣干活的，他们就得每天两次到劳工介绍所登记，如果不这样做的话，他们会被归为非失业人群，救济金也就会相应地减少。我见过有一些人逃避经济状况调查，但我得说，在工业城镇人们仍过着传统社区式的生活，每个人和左邻右舍很熟，因此逃避经济状况调查要比在伦敦困难得多。通常，一个年轻人虽然和父母住一块儿，但他会弄个住宿地址，这样一来就可以假装他单独居住，多领一份租屋津贴。但是，窥视和流言无处不在。我认识一个男的，邻居不在的时候他帮忙喂鸡，被别人看见了，告到政府机关那里，说他有份喂鸡的工作，而他很难否认这一指控。在威根流传着一个笑话，说一个人被拒绝发放救济金，理由是"他有一份工作，在帮忙运柴火"。笑话说有人看见他晚上在搬运柴火，而他的解释是，那不是在搬运柴火，而是半夜在搬家。那堆"柴火"其实是他的家具。

经济状况调查最残忍邪恶的地方，是它拆散了家庭，连卧床不起的老人家也会被赶出家门。比方说，一个上了年纪的领救济金的老人，如果是鳏夫或寡妇的话，通常会和自己的孩子住在一起，他每周 10 先令的救济金可以帮补一下家计，自己也得到照顾。但在经济状况调查的计算中，他被看成是"租客"，如果他住在家里的话，他的孩子的救济金就会停止发放。因此，到了七十岁或七十五岁，那些老人家不得不自己搬出去住，将养老金奉送给寄宿家庭的房东，自己吃不饱穿不暖。我亲眼见过几个例子，当下在英国这种事很普遍，都拜经济状况调查所赐。

不过，尽管失业的情况非常严重，贫困现象——极度贫困现象——在北方工业地区不像在伦敦那么明显。北方要寒酸一些，破旧一些，汽车少，衣着光鲜的人也少，但赤贫的人也要少。即使到了像利物浦或曼彻斯特这样的大城市，你也会惊诧于乞丐的稀少。伦敦就像个漩涡，吸引着被遗弃的人到那里去，而它又是如此广袤，你可以隐姓埋名过着孤独的生活。除非你犯了法，否则没有人会注意到你，就算死了也没人知道，而这种事在邻居都认识你的地方不大可能发生。但在工业城镇，古老的社区生活还没有完全解体，传统的影响仍很强烈，几乎每个人都有家人——因此也就有了个家。在 5 万人或 10 万人的小镇，不会有流浪汉和来历不明的人。比方说，没有人会睡在大街上。而且，人们不会因为失业而逃避结婚。一对夫妻每周只有 23 个先令的话，其实是挣扎在生存线上，但他们还是组成了一个家庭，他们比靠 15 个先令过活的单身汉要过得好一些。失业的单身男性生活非常悲惨，他们通常住在普通的寄宿家庭里，而更加普遍的地方是一间陋室，每周付 6 个先令，自己就靠着剩下的 9 个先令过日子（一周 6 个先令买吃的，3 个先令用于衣物、烟草和娱乐）。他当然无法照顾好自己，而住 6 先令一周的房子的人如无必要是不会待在屋里的，于是他整天游荡于公共图书馆或其他能取暖的地方。取暖几乎成了单身失业男人在冬天最紧的事情。在威根，最受欢迎的避难所是电影院，价格出奇地便宜，你只要花 4 个便士就可以有个座位坐，有的电影院日场甚至只要花 2 便士就够了。即使是几乎吃不上饱饭的人也愿意花 2 便士，好一个下午不用忍受冬天的严寒。在谢菲尔德，有人带我到一座公共大厅听一位牧师的讲座。那是我听到过的或想象中最无聊拙劣的讲座。我发现自己根本坐不下去——事实上，在讲座进行到一半之前，我就身不由己地迈着双脚走出了会堂，但里面坐满了失业的人，就算讲座再无聊他们也愿意待下去，因为里面很暖和，可以抵御严寒。

我见过好几个没有结婚的男人，靠着救济金过着非常凄惨的生活。在一座小镇我记得有一群失业者擅自住进了一座摇摇欲坠的废弃屋里，这种情况应该是违法的。他们搜罗了几件家具，大概是从废品站那里找来的。我记得他们唯一的桌子是一台老旧的洗手架，顶端是大理石台面。不过，这种事情并不多见。工人阶级很少有单身汉，只要 个男人结了婚，即使面临失业，他的生活方式改变也不大。虽然他的家很穷，但仍然是一个家。值得注意的是，失业所造成的反常现象——丈夫失业而妻子仍然在工作——并没有改变男女的地位。在工人阶级的家庭，男人是一家之主，而不像中产阶级家庭，女人或孩子是一家之主。基本上，你不会在工人阶级的家庭看到男人在做哪怕一件家务活。失业并没有改变这一传统，表面上看这似乎并不公平。丈夫从早到晚无所事事，而妻子则像以往一样忙碌——事实上更加忙碌，因为她得用更少的钱维持家计。然而，据我了解妻子们并没有提出抗议。我相信，她们和丈夫们一样，认为如果丈夫因为失业而变成一个家庭主夫，他的男子汉尊严将荡然无存。

然而，失业对任何人的打击都是无情而毁灭性的，无论已婚人士还是未婚人士，对男人的打击尤为严重。即使你是天纵英才，也抵抗不住这种打击。我遇到过一两个颇有文学造诣的失业人士，还有几个我未曾谋面，但阅读过他们刊登在杂志上的作品。时不时，这些人会发表一两篇文章或故事，文笔显然要比那些专抬轿子的书评家大多数情况下大肆吹捧的货色要强很多。那么，为什么这些人不发挥自己的才华呢？他们那么有空，为什么不坐下来写写书呢？因为写书你不仅需要有舒适安静的环境——在工人阶级的家庭里很难有安静的一刻——你还需要有平静的心情。当失业的惨淡愁云笼罩在你的心头时，你没办法安静下来，你没办法让心中燃起进行创作的希望。不过，一个爱书的失业人士还是可以安心地读一读书。而那些一读书心就烦的失业者呢？比方说一个矿工，他从小就在煤矿里工作，除了当矿工之外什么也不会，他该怎么消磨无聊的日子呢？有人说他应该去找工作，但这种说法很荒谬，每个人都知道根本没有工作可以找。你不可能一连七年日复一日地找工作。有的城市设置了配给土地，让失业者消磨时间，种种庄稼养活家人，但在一座大城镇里，配给土地只能供应一小部分人。几年前政府成立了职业中心，帮助解决失业的问题。整体来说，这个措施很失败，但有的职业中心还是很热闹。我去过一两家职业中心，那里有可以取暖的房间，时不时会举行木工、制靴、制革、手摇纺织机、织篮、海石竹工艺品等课程。设置这些课程的目的很简单：失业的男人可以免费使用工具并买到廉价的物料做家具，不是拿出去卖，而是供自己家用。大部分我认识的社会主义者都对这一做法提出谴责——不过都只停留在口头谴责的层面，没有任何实际的行动——他们还反对给失业者一小块土地耕种的做法。他们认为职业中心只是安抚失业人员的幌子，让他们觉得政府在为他们解决问题。毫无疑问，这的确是根本的动机。让一个人忙于补鞋，他就可能不会去读《工人日报》。而且，这些职业中心弥漫着一股子基督教青年会伪善的气氛，只要你一走进去就可以感觉得到。经常去那里的失业人士大部分都是文质彬彬的人——他们会圆滑地告诉你他们是"温和派"，投票支持保守党。但即使是这样，你的心里还是会觉得很矛盾，因为就算一个失业的男人将时间消磨在做海石竹工艺品这样无聊的事情上，也比多年来一直无所事事要好一些。

迄今为止为失业工人做出最大贡献的组织是"全国失业工人运动"。这是一个革命的进步组织，希望将失业工人团结在一起，防止有人破坏罢工，为他们提供法律建议对抗经济状况调查。这个组织从无到有，都是由失业工人们自己捐出几便士几先令建立起来的。我目睹了"全国失业工人运动"的许多事迹，很钦慕那些人，虽然他们和其他失业者一样衣衫褴褛，连饭都吃不饱，但还是维持着组织的运作。我更钦慕他们维持机构运作的策略和耐心，因为要劝说那些领救济金的人一周交1便士的会费可不是一件容易的事情。正如我之前所说的，英国的工人阶级不善于担任领导的角色，但他们非常擅长组织。工会如火如荼的运动证明了这一点，而且"工人阶级俱乐部"也搞得很红火——这是一个提倡互助合作的俱乐部，组织得非常好——在约克夏深入民心。在许多城镇，"全国失业工人运动"为工人安排庇护所，组织共产主义专题讲座。但即使在这些庇护所，去那里的人也无所事事，只是围着炉子呆坐着，偶尔玩一玩多米诺骨牌。如果"全国失业工人运动"可以与职业中心的业务相结合，或许效果会更好。看到一个有技术的男人年复一年地在毫无希望的情况下游手好闲、不修边幅，不禁令人感到非常绝望。他应该得到用他的双手为自己的家做点家具或其他东西的机会，而且不必整天去喝基督教青年会的热可可。我们或许得面对这样的现实：英国的数百万男性——除非另一场战争爆发——一直到他们步入坟墓为止，将不会找到真正的工作。唯一能做的，也是应该做的，或许就是，如果他们提出申请的话，给每个提出申请的失业男性一小块土地和免费的工具。那些人一心指望着靠救济金生活，甚至连为自己的家人种点蔬菜都没有机会，这并不是什么体面的事情。

要研究失业及其影响，你得深入工业地区。在南方也有失业，但只是零星的现象，情况并不突出。那里有广袤的农村地区，一个男人找不到活干是几乎闻所未闻的事情，你根本看不到一整片街区的人到公共援助委员会领救济金生活这样的情形。只有当你住在一片街区，那里没有一个人有工作，找份工作几乎和拥有一架飞机一样困难，比买足球博彩赢到 50 英镑更像天方夜谭时，你才会开始理解这一对我们的文明已经产生影响的社会变化到底是怎么一回事。我们的社会正在改变，这是毫无疑问的事情。工人阶级日渐沉沦，和七八年前相比，他们的态度已经发生了很大的改变。

我最早察觉到失业问题的存在是在 1928 年，当时我刚从缅甸回国，在缅甸根本没有失业这回事，而我去缅甸的时候还是个小青年，那时战后重建的繁荣还没有结束。当我第一次近距离看到那些失业者时，让我觉得惊诧的是，他们当中有很多人对处于失业状态感到很羞愧。那时我很无知，但不至于愚蠢到以为海外市场的出口不振导致两百万工人失业，而这两百万人比那些抽彩票没中奖的人更应该为自己的失败负责。但那个时候没有人愿意承认失业是不可避免的问题，因为承认这一点意味着失业问题将一直存在下去。中产阶级依然在批判他们是"靠救济金过日子的游手好闲之徒"，说"这些人完全可以找到工作，假如他们愿意的话"，连工人阶级也被这些意见所影响。我记得当我开始和流浪汉与乞丐们厮混在一起时，我惊讶地发现，这些人中有相当一部分人，大概有四分之一吧，我一直以为是愤世嫉俗的寄生虫，但其实他们都是年轻勤快的矿工和棉花工人，就像落入陷阱的野兽一样惊讶而迟钝地审视着自己的命运。他们不知道到底发生了什么事情。他们从小就被教导说人必须工作养活自己，而看看现在！他们似乎从此再也没有工作的机会了。站在他们的角度，一开始的时候，他们会不可避免地觉得自己很没用，觉得低人一等。这就是当时对于失业的态度：这个灾难发生在作为个体的你身上，要怪就怪你自己。

当25万矿工失业时，住在纽卡斯尔后街的阿尔夫·史密斯[1]也难以幸免。阿尔夫·史密斯只是25万人中的一员，一个统计上的单位，但没有人会觉得把自己看成是统计上的单位是件容易的事情。只要街对面的伯特·琼斯[2]还在工作，阿尔夫·史密斯就会觉得自己很没面子很失败，并由此产生一种恐怖的无能为力的绝望感，而这正是失业问题最糟糕的情况——比任何艰难处境都更糟糕，比并非出于自身意愿的无所事事而导致的道德败坏更糟糕。或许，唯一比这个还糟糕的事情，是阿尔夫·史密斯的儿子因为只能靠救济金生活而发育得瘦小伶仃。每个人只要看过格林伍德[3]的戏剧《救济金生活》，都会记得那可怕的一幕：那位贫穷善良而愚笨的工人重重地捶着桌子，怒吼道："噢，上帝啊，给我一份工作吧！"这不是戏剧上的夸张手法，而是真实地揭露了生活。过去十五年来，在

---

① 阿尔夫·史密斯(Alf Smith)，相当于中文里的张三。

② 伯特·琼斯(Bert Jones)，相当于中文里的李四。

③ 指沃尔特·格林伍德(Walter Greenwood, 1903—1974)，英国戏剧作家，代表作有《秘密王国》、《别人的日子》等。

数万英国家庭，或许是数十万英国家庭里，这样的怒吼不知道发生了多少遍。

但我认为这种情况已经不再发生了——至少不那么频繁发生了。这是最要命的：人们不再做徒劳无益的挣扎。就连中产阶级——是的，甚至连乡村与城镇的桥牌俱乐部——都开始意识到失业问题的存在。五年前在中产阶级的茶桌上，可以经常听到这样的谈话："亲爱的，我可不相信那些关于失业问题的鬼扯，为什么？上星期我们想找个人给花园锄草，结果一个人也找不到。他们不想工作，就是这样！"但现在已经很少听到这种言论了。至于工人阶级，他们对经济问题有了深入的了解，我觉得《工人日报》发挥了非常大的作用，其影响远远超出了发行量。但他们也受到了沉重的打击，失业问题不仅变得如此普遍，而且还持续了这么久。当人们年复一年地领取救济金时，他们对此觉得习以为常；领救济金虽然令人觉得不快，但不再是可耻的事情。对救济院感到恐惧的传统受到了威胁，就像抗拒债务的传统价值观被分期付款的购买方式所颠覆一样。在威根和巴恩斯利的穷街陋巷，我目睹了各式各样的贫困，但比起十年前，人们似乎不再为此感到羞愧。他们知道在失业面前他们根本无能为力。现在不再只是阿尔夫·史密斯没有工作，连伯特·琼斯也没有工作了，而且这种情况已经持续了好几年。当大家都一样失业时，感觉可大不一样。

因此，当几乎所有人都靠领取救济金生活，似乎一辈子都会是这样时，我觉得钦佩，甚至感到充满希望的一件事就是，他们在精神上没有崩溃。在贫穷的压力之下，工人阶级不会像中产阶级一样彻底垮掉。比方说，工人阶级不会因为领救济金生活而不结婚。这会让布莱顿的老女人们很不高兴，但这正是他们良好心态的体现。他们知道失业并不表示你不配当一个人。因此，从某个方面说，萧条地区的情况还不是那么糟糕。生活还是很正常，比想象中还要正常。虽然家家户户都很穷，但家庭体制并没有解体。人们过着比以前更节俭的生活，他们并没有迁怒于命运，而是降低生活的标准，让生活不至于无法忍受。

但他们并没有必要削减奢侈品的开销，把钱只花在生活必需品上，事情刚好相反——如果你好好想想的话，这其实更加合情合理。因为，在经过十年萧条之后，廉价奢侈品的消费反倒增加了，而增长最明显的两样东西分别是电影和大规模生产的廉价漂亮衣服。那些人十四岁就离开学校，找到一份毫无前途的工作，二十岁时就得失业，或许一辈子都得这样，但他们只须花 2 英镑 10 先令，就能以分期付款的方式买到一套西装，在那么一小段时间里，假如你站远一点看的话，就像是萨维尔街定制的西装一样；而女孩子们花更少的钱就可以打扮得花枝招展。或许你口袋里只有三个半便士的硬币，觉得前途一片渺茫，住的地方是一间小小的、漏雨的卧室，但你可以穿上新衣服，站在街口，幻想自己就是克拉克·盖博或葛丽泰·嘉宝①，这会让你在心理上受到弥补。就算呆在家里，喝上一杯茶是少不了的——有"一杯好茶"喝——虽然家里的父亲从1929 年就失业赋闲，但仍然可以找到一些乐子，因为他去参加让磅赛赌马②总是能赢几个小钱。

---

① 克拉克·盖博和葛丽泰·嘉宝都是二十世纪三十年代著名的美国好莱坞影星。
② 让磅赛赌马，指的是在赛马过程中，根据马的年龄和雌雄，背负不同的重量以达到公平竞争的比赛。

战后至今，商人们必须满足那些吃不饱又没几个钱用的人的需求，结果就是，如今奢侈品要比必需品更便宜。一双朴素耐用的鞋子和两双时髦的鞋子一样贵。吃一顿饱饭抵得上两磅廉价糖果的价格。花三便士你买不到多少肉，却可以买到一大堆炸鱼和薯片。牛奶要 3 便士一品脱，连淡啤都要 4 便士一品脱，但阿司匹林 1 便士就有七颗，花四分之一英镑就可以买到 40 杯茶。到处都在赌博，这是最廉价的娱乐。即使是吃不饱肚子的人都会花上 1 便士买张彩票，给自己带来几天的安慰（用他们的话说，"让自己有个盼头"）。组织化的赌博如今几乎成了一个支柱行业。举例来说，足球彩票每年的营业额有将近六百万英镑，几乎所有的钱都是从工人阶级的口袋里搜刮的。希特勒重新占领了莱茵区时我正好在约克夏，根本没有人在意希特勒、洛迦诺①、法西斯主义和战争的威胁，但足协停止提前发布赛程（这是镇压足球赌博的方式之一）的决定却激起了所有约克夏人的公愤。而且如今电气科技日新月异，让饥肠辘辘的人看得眼花缭乱。你可能由于没有被褥一晚上冻得瑟瑟发抖，但到了早上你可以去公共图书馆，阅读发自旧金山和新加坡的电报新闻。2 000 万人吃不饱穿不暖，但基本上每个英国人都可以收听到广播。我们没有东西吃，却有电器用。工人阶级真正的需要被剥夺殆尽，但得到了廉价的奢侈品作为缓解生活表层痛苦的些许补偿。

你认为这样子好吗？我的答案是否定的。但在当前的情况

---

① 1925 年，欧洲各国在瑞士小城洛迦诺召开会议，重申凡尔赛条约所规定的国界疆域问题，并同意德国加入国联，洛迦诺公约基本恢复了德国在欧洲的地位，解除了德国在军备和经济发展上的束缚。

下，工人阶级只能在精神上作出调整和改变，这是他们唯一能做的。他们没有选择革命，但也没有失去自己的尊严。他们只是按捺住发作的脾气，安分地以炸鱼和薯片的标准过着日子。只有上帝才知道他们何时会感到绝望，发动起义，而在英国这么一个奉行高压统治的国家，起义只会招致毫无意义的屠杀和疯狂的镇压。

当然，战后廉价奢侈品的发展对于我们的统治者而言是个福音，似乎炸鱼和薯片、丝袜、三文鱼罐头、廉价巧克力（五根两昂司重的巧克力棒只要6便士）、电影、收音广播、酽茶和足彩可以将革命消弭于无形。因此，有人告诉我们，所有的一切都是统治阶级狡猾的手段——施舍"小恩小惠"——用于安抚失业者的把戏。根据我对统治阶级的了解，我认为他们没有这么聪明。这些事情都是无意识的过程——只是因为生产者需要推销商品，而半饥饿的人需要廉价消费品，这两个因素一拍即合，事情就变成了这样。

第六章

我童年读书的时候，有一位讲员每学期来一次，举行关于著名战役的讲座，内容很精彩，涉及了布伦海姆战役[①]、奥斯特里兹战役[②]等等。他喜欢引用拿破仑的名言，"军队填饱了肚子才能行军。"每次讲座临近结束前，他会突然对我们发问："世界上最重要的东西是什么？"我们都会叫嚷着回答："食物！"如果我们不这么回答的话，他就会觉得很失望。

显然，他说得很对。人其实就是一副臭皮囊，不停地往里面填充食物。人的其它器官和功能或许更加庄严神圣，但这些都居于从属地位。一个人死后被葬掉，他的所有言行都将被遗忘，但他摄入的食物变成了儿子的骨肉，在他死后继续存在。我觉得，或许饮食的改变要比朝代的更替或宗教的变革更加重要。比方说，假如没有发明罐头食物的话，世界大战或许就不会发生。中世纪末，块茎作物和其它形形色色的蔬菜被引进英国；其后，非酒精饮品（茶、咖啡、可可）也进来了，此外还有喜欢喝啤酒的英国人所不熟悉的蒸馏式烈酒。如果没有这些的话，英国过去四百年的历史或许将会被改写。但奇怪的是，食物的重要性并不广为人知。到处你都可以看到政治家、诗人或主教的雕像，但没有一座厨师或熏肉制作师或瓜果园丁的雕像。据说查尔斯五世曾为发明腌熏鲱鱼的人竖立了一座雕像，这是现在我所能想起的唯一一例子。

因此，或许对于那些失业的人来说，最重要的事情，同时也是关系到未来最根本的事情，就是他们所赖以生存的饮食。前面我提到过，平均来说，失业家庭靠一周30先令的收入在维持生计，而至少有四分之一用于支付房租，至于剩下的钱如何支配，我们不妨从细节上进行了解。下面的预算表是一位失业的矿工和他的妻子帮我列出的。我让他们尽可能详尽地列举出一周的各项支出。他的救济金是每周32先令，他有两个孩子，一个两岁五个月大，一个才十个月大。清单内容如下：

房租	9先令半便士
衣物与助社	3先令
煤炭	2先令
煤气	1先令3便士
牛奶	10个半便士
工会费	3便士
保险费（两个孩子）	2便士
肉类	2先令6便士
面粉（两英石）	3先令4便士
酵母	4便士
土豆	1先令
荤油	10便士
人造黄油	10便士
熏肉	1先令2便士

---

① 1704年8月13日，法国国王路易十四试图攻占维也纳，联合巴伐利亚王国共同出兵，遭奥格斯同盟（神圣罗马帝国、西班牙、瑞典、萨克森、莱茵普法尔茨、勃兰登堡）顽强抵抗，于布伦海姆小镇展开战斗，奥格斯同盟获得胜利。

② 1805年12月2日，法国拿破仑一世在奥斯特里兹以寡敌众，战胜俄奥同盟联军，挫败第三次反法同盟的进攻。

糖	1 先令 9 便士
茶	1 先令
果酱	7 个半便士
豆子和卷心菜	6 便士
萝卜和洋葱	4 便士
贵格牌燕麦	4 个半便士
肥皂、洗衣粉、上蓝剂等	10 便士
总计	1 英镑 12 先令

除了这些之外，婴儿福利诊所每周会给孩子提供三袋奶粉。我要对这份清单稍作评论。首先，这份清单遗漏了很多东西——鞋油、胡椒、盐、醋、火柴、引火木料、剃刀片、用具的替换、家具床铺的折旧损耗，这些只是我一下子想到的内容。如果花钱在这上面的话，清单中的某些东西势必会减少。另一个比较大的花销是烟草。这位矿工抽烟不多，但尽管如此，他每周差不多也要花 1 个先令在烟草上，这意味着食物的支出还得减少。在工业城镇，大型服装商开设了"衣物互助社"，为失业人士提供廉价衣物，如果没有他们，失业的人可能根本买不起新衣服。我不知道他们会不会在这些互助社购买床单，我认识的这户人家就没有床单。

在上面的清单中，如果你分配 1 先令用于买烟草，把这个数目和用于其他非食物类物品的支出减去，你还剩 16 先令 5.5 便士，四舍五入就算 16 先令吧，不把那个小婴儿算在内——因为他每周可以从福利诊所那里领到奶粉。这 16 先令得为三口人，两个是大人，提供一切吃喝，包括燃料。第一个问题是，理论上，靠这一周 16 先令三口人能不能吃得比较有营养。在关于经济状况调查的讨论进行得如火如荼时，曾经有过一场令人厌恶的公开争论，探讨一个人一周最少需要多少钱才能活下去。我记得，有一群营养师计算出这个数字是 5 先令 9 便士，而另一群营养师则比较慷慨，得出了 5 先令 9.5 便士的数字。报纸上还刊登了某些人的来信，那些人声称他们一周只需要 4 个先令就可以吃饱。下面是一份一星期的预算表（刊登于《新政治家》杂志与《世界新闻报》中），我摘选了一部分内容：

三个全麦面包	1 先令
半磅人造黄油	2.5 便士
半磅荤油	3 便士
一磅芝士	7 便士
一磅洋葱	1.5 便士
一磅萝卜	1.5 便士
一磅碎饼干	4 便士
两磅大枣	6 便士
一听脱脂牛奶	5 便士
十个橘子	5 便士
总计	3 先令 11.5 便士

请注意，这份预算表里没有包括燃料的费用。事实上，作者清楚地表明他付不起买燃料的钱，东西都是生吃的。这篇文章是出于真心还是戏谑并不重要。首先我得承认，这份清单体现了最精明的支出方式，如果你只能靠着 3 先令 11.5 便士过一星期，你几乎不可能列出一张比这更有营养的清单。因此，如果你只买最需要的食物的话，公共援助委员会的救济金足够

你维持生活，但仅此而已。

现在，比较一下这份清单和我刚才所列出的失业矿工的预算单。这户矿工家庭一周只花了 10 个便士在蔬菜上，10.5 便士在牛奶上（请记住这家人有一个不到三岁的小孩），根本没有水果吃。但是，他们花了 1 先令 9 便士买糖（大概可以买到八英磅），还花了 1 先令买茶叶。那半克朗买到的肉大概只够做一小份烤肉和一碗炖肉，或许也可以买到四五个牛肉罐头。因此，他们的伙食大概就是白面包加人造黄油、罐头牛肉、甜茶和土豆——非常糟糕的伙食。如果他们能花多点钱买点像样的东西，比如橘子或全麦面包，或像《新政治家》那篇文章的作者所说，省钱不买燃料，生吃萝卜不更好吗？是的，这样做无疑会好一些，但问题的关键是，没有哪个正常人会愿意这么做。正常人宁愿饿死，也不肯靠吃棕面包和生啃萝卜生活。真正恐怖的是，你的钱越少，你就越不想花钱去买全麦食品。一个百万富翁或许喜欢早餐喝杯橙汁，吃点利维塔牌饼干，但失业的人不会这样。在上一章的结尾处我所提到的那种心理趋势开始起作用了。当你失业时，也就是说，当你衣食无着、忧心忡忡、百无聊赖、悲惨莫名时，你不会想吃索然无味的全麦食品。你想吃点比较"好吃"的东西，而到处都是廉价又好吃的东西引诱你。我们买 3 便士的薯条吧！去买 2 便士冰激凌一起吃吧！烧壶水，我们一起好好喝杯茶吧！当你靠公共援助委员会的救济金生活时，你一心想的就是这些。白面包加人造黄油和加糖的甜茶其实并没有营养，但它们要比（至少大多数人觉得是这样）棕面包抹油和冷水好吃一些。失业是无休止的噩梦，需要时不时找点慰藉，而喝茶是最好的选择，英国人都好这一口，它就是英国人的鸦片。喝一杯茶，甚至吃一片阿司匹林，要比啃一块棕面包好得多，至少能让他们振奋一下。

所有这一切严重影响了英国人的身体健康状况，这一点明眼人都可以看出来。你可以对其进行研究，自己好好观察，或查阅一下重要的统计数字。工业城镇的人平均体格羸弱得惊人，甚至比伦敦的情况还糟。走在谢菲尔德的街上，你感觉就像和一群穴居人走在一起。矿工们都是好男儿，但他们的个头都很矮小，虽然他们因为经常劳动，肌肉很发达，但这并不代表他们的孩子生下来的时候会很健康。矿工是英国人口中体格最健壮的人，但他们营养不良，最明显的标志就是每个人的牙齿都不好。在兰开夏你得花好长一段时间才能看到一个工人长了一口好牙。事实上，除了孩子之外，几乎没有几个人保留着天然的牙齿，而连孩子们的牙齿也看上去蓝蓝的，显得很脆弱。我猜想这是缺钙的后果。几个牙医告诉过我，在工业城镇，上了三十岁的人还能有一口好牙是不正常的事情。在威根，许多人建议我尽早把牙齿给"解决掉"。一位女士对我说，"牙疼起来真是要人命。"在我住过的一户人家里，除了我之外有五口人，最老的五十三岁，最小的男孩子十五岁。这五个人里面只有那个小男孩还留着一颗自己的牙齿，而那颗牙齿也保留不了多久。我们再看一下数据：在任何大工业城镇，贫民区的死亡率和婴儿夭折率要比富人区的数据高一倍——有的地方甚至还要高一些——对这一情况几乎无须作任何评论。

当然，我们不能认为广泛的健康水平恶化这一情况完全是由失业造成的。很有可能健康水平下降是全英国的普遍现象，而且已经发生了很久，不只是局限于失业严重的工业地区。这一点无法从数据上加以佐证，但如果你用心观察的话是不容质疑的，无论是在农村地区还是像伦敦这样的繁华都市都一样。英王乔治五世的遗体经过伦敦街头被运到威斯敏斯特大教堂那天，我在特拉法尔加广场被人群堵了几个小时。环顾四周，当代英国人体格下降之严重不禁令我大吃一惊。我周围的人大部分都不是工人阶级的成员，他们是商人——大部分是旅行推销员，零星有几个小康或富裕的人士，但他们看上去是那么糟糕！在阴雨连绵的伦敦天空下，每个人都四肢孱弱，带着病恹恹的脸孔！我几乎看不到一个体格健壮的男性，或一个样貌端庄的女性，或一张肤色健康鲜亮的面孔。随着国王的棺木经过，男士们脱下礼帽，一个在斯特朗大街另一头的朋友当时也在人群里，后来他对我说："我只看见一个个秃顶的脑袋瓜儿。"在我眼中，连那些卫兵——在棺木旁边有一队卫兵迈着方步——也和以前不一样了。二三十年前在我的童年回忆中昂首阔步的士兵哪儿去了？那些胸肌饱满，胡须像苍鹰之翼一样挺翘的士兵哪儿去了？我想他们被埋葬在弗朗德斯①的泥土里了。现在取代他们的是这些脸色苍白的年轻人，他们只是因为个头够高才被选入卫队，看上去就像裹着军大衣的竹竿——现在英国身高六英尺以上的男人都是皮包骨的瘦鬼。毫无疑问，英国人体格状况下降的原因是世界大战，上百万名精心挑选的英国子弟兵被屠杀殆尽，而他们中很多人根本没来得及娶妻生子。但这个过程应该早在战争之前就开始了，最关键的原因是不健康的生活方式，而这是工业化带来的后果。我不是说城镇

---

① 弗朗德斯战役：1918 年 4 月 9 日至 4 月 29 日，德军与英法联军于比利时与法国边境的弗朗德斯地区展开激战，双方皆付出惨重伤亡的代价（总伤亡人数约 20 万）。

的生活方式不健康——或许在许多方面城镇要比农村来得健康——但现代工业技术为你提供了太多的廉价替代物。或许，将来我们会发现罐头食物要比机关枪更加致命。

不幸的是，英国工人阶级——连同英国全体国民——对营养非常无知，而且很浪费食物。在别的文章里我曾指出，比起英国工人，法国工人对食物的了解要多得多，而且我敢说，法国人的家庭不会像英国人的家庭这么浪费东西。当然，在非常穷苦的家庭里，每个人都失业，你不会看到浪费食物的现象，但那些稍有点钱的家庭总是很浪费。我可以列举出令人吃惊的例子。北方人习惯自己烤面包，这总是会造成浪费，因为女人们要干很多活儿，每周只能烤一回，顶多两回面包。她们事先不可能知道有多少面包会被浪费掉，因此，总是会有一些面包最后不得不扔掉。通常她们一次会烤六个大面包和十二个小面包。这是传统的英国人对待生活慷慨的态度的体现，让人觉得很亲切，但在眼下的时势却显得很糟糕。

据我所知，英国各个地方的工人阶级都不想吃棕面包。在工人集中居住的地方经常买不到全麦面包。他们有的人给出的理由是，棕面包"不干净"。我猜想真正的原因是：在以前棕面包经常被误认为是黑面包，而黑面包总是和罗马天主教徒和穿木屐的贫民联系在一起。（现在兰开夏有很多罗马天主教徒和穿木屐的贫民了，但遗憾的是，他们还是没有黑面包！）英国人的味觉，尤其是工人阶级的味觉，如今几乎是机械化地抵制有营养的食物。比起吃鲜豆和鲜鱼的人，喜欢吃罐头豆子和罐头鱼的人一年比一年多起来，很多买得起鲜奶泡奶茶的人宁可买罐头炼乳——虽然这些糟糕的罐头炼乳其实是用糖和玉米淀粉炮制的，在标签上写着"婴儿不宜食用"的大字。在某些地方，很多人如今在致力于教育失业人员更多关于食物营养的知识，以及如何精明地消费。当你接触到这些言论时，你会觉得很矛盾。我曾听过一个共产主义者在讲台上义愤填膺地对其进行斥责。他说，在伦敦，家庭主妇团体居然有胆量走进伦敦东区（伦敦的贫民窟），给那些失业者的妻子们上购物课程。他认为这是英国统治阶级的险恶用心。你先是让一户家庭陷入一周只有 30 先令的无奈境地，然后你还厚颜无耻地告诉他们该怎么用好这点钱。他的话很有道理——我由衷赞同他的意见。但是，我仍然觉得很遗憾：由于没有良好的饮食传统，英国人还在喝炼乳，没有意识到这东西比起真正的牛奶要差得多。

但是，我怀疑就算失业者们学会了更加经济地进行消费，他们恐怕还是难以最终获益。或许就是因为他们不够节俭，所以才能领到这个水平的救济金。靠救济金生活的英国人每周只能领到 15 先令，因为 15 先令是能让他活下去的最小数额。如果他是印度人或日本人，可以只吃米饭和洋葱，那他可能就连一周 15 先令都领不到了——每个月能领到 15 先令就不错了。我们的失业金虽然很微薄，但我们英国人吃东西口味很刁，又没有经济头脑，与这点失业金倒是相得益彰。如果失业者真的学会了精打细算，他们或许会过得好一些，但我相信，过不了多久救济金就会相应削减。

在北方，有一件事多多少少弥补了失业的苦楚：这里的燃料很便宜。在采矿区，煤炭的零售价是一英担 1 先令 6 便士，而在英国南方这要卖将近半个克朗。而且，有工作的矿工可以直接从矿主那里买煤，一吨才 8、9 先令，那些家里有地窖的人有时会囤积一吨煤炭卖给（我猜是违法的勾当）那些失业的人。但是，除了这一点之外，失业者还会大规模地从事偷煤活动。我称之为"偷",因为严格来说,这种行为的确是偷,虽然这种事其实无伤大雅。从矿底运上来的矿渣中总会遗漏下一些碎煤,失业的人就花很多时间将这些碎煤从矿渣里拣出来。在那些丑陋的灰色小丘上,一整天你都会看到很多人背着麻袋,提着篮子在硫烟中走来走去(许多矿渣的里面在阴阴地燃烧着),挖出或撬出那些被掩埋在四处的一块块碎煤。你会看到那些人推着古怪而好用的改制单车——用废品站里锈迹斑斑的零部件拼凑而成,没有坐鞍,没有链条,很多连轮胎都没有——上面挂着许多麻袋,装着大约有半英担的煤块,这是半天搜寻的劳动果实。在举行罢工的时候,家家户户都缺少燃料,矿工们会带着锄头和铲子来到矿渣堆打洞挖煤,许多矿渣堆被挖得千疮百孔。当罢工拖得很久时,在那些有露天煤层的地方,他们甚至会把地表挖空,往地下挖了好几码深。

在威根,失业人员争抢丢弃的碎煤的情况是那么严重,以至于演变出一个奇特的风俗,叫"抢煤渣",场面非常壮观,值得一看。事实上,我很纳闷为什么没有人把这一风俗拍成电影。一天下午一个失业的矿工带着我去参观。我们来到那个地方,在一条贯穿山谷的铁路旁边堆积着像延绵的小山一样的矿渣堆。有几百个衣衫褴褛的男人,每个人都背着麻袋,大衣下挂着挖煤的锤子,正在矿渣堆等候着。矿下的煤渣被装在火车的车皮上,由一个机头牵引着载到四分之一英里之外的一座矿渣堆上面,然后倾泻下来。"抢煤渣"的过程是这样的:首先,火车还在移动的时候,他们就跳上去,只要火车还在动,你跳上去的那节车皮就归为"你的"车皮。当火车缓缓行驶上来时,上百个人狂野地叫嚣着,趁着火车驶过弯道速度降到每小时二十英里时冲下山坡,跳上火车。他们抓住每一节车皮后的扣环，踩着防撞杆爬了上去——每节车皮上有五到十根防撞杆。司机没有在意，而是一直驶上矿渣堆的顶部，解开车皮，然后启动引擎退回到煤矿里，又牵引着一排车皮回来。那群衣衫褴褛的人又是一阵哄抢，到最后大概只有五十个人没能抢到属于自己的车皮。

我们走到矿渣堆的顶部。男人用铲子将矿渣从车皮里挑出来，他们的妻子和孩子跪在地上，双手敏捷地扒拉着灰烬，将鸡蛋大小的碎煤给捡出来。你会看到一个女人动作敏捷地拾起一块东西，往围裙上擦一擦，检查一下是不是煤块，然后当作宝贝丢进麻袋里。当然，当你爬上车皮的时候，你事先并不知道里面有什么，里面可能是纯粹的废土，也可能只是矿顶上掉下来的岩石。如果是装岩石的车皮的话，里面不会有碎煤渣，但可能会有另一种可以燃烧的石头，叫"烛煤"，看上去和普通的页岩差不多，只是颜色深一些，裂面也很平整。这东西勉强可以烧，但没有售卖的价值，不过失业的人能有这个也觉得很高兴。登上盛放岩石车皮的人将烛煤捡出来，用锤子将其劈开。在矿渣堆的下方，那些爬不上车皮的人只能捡到从上方滚落下来的煤渣碎片——大概只有榛子大小，但能捡到这些对他们来说已经很不错了。

我们一直停留到车皮被掏空为止。几个小时内人们就把那堆渣土翻了个遍。他们背着麻袋，或将麻袋系在单车上，开始跋涉两英里路回威根。大部分家庭捡到了大约半英担煤块或烛煤，总共加起来他们偷了五到十吨重的燃料。这种扒火车的勾当每天都在威根发生，特别是在冬天，而且波及的范围远远不止一家煤矿公司。当然，这是非常危险的举动。那天下午没有人受伤，但前几个星期有一个男人双腿被轧断了，一周后又有个男人被轧断了几根手指。大家都知道，确切地说这是一种偷窃行为，但如果不偷的话这些碎煤只会被白白浪费。有时为了做做样子，矿业公司会控告那些拾荒的人。那天早上当地的报纸还登出了照片，说两个男人被课以 10 个先令的罚款，但没有人在意矿业公司的指控——事实上，上了报纸的其中一人当天下午又去拾荒了——那些拾荒的人自己凑钱缴纳了罚款。拾荒被视为天经地义的事情。大家都知道失业者得想办法弄到燃料。每天下午，数百个男人就冒着生命危险，数百个女人就在泥尘中扒拉翻寻，一呆就是几个小时——为的就是半英担的劣等燃料，价值不过 9 个便士。

我一直记得那一幕，那是我对兰开夏的回忆之一：那个矮矮胖胖的披着披肩的女人，穿着麻袋一样的围裙和沉重的黑色木屐，跪在泥泞的煤堆中，冒着刺骨的寒风热切地寻找着一小块一小块碎煤。能有煤捡他们已经很高兴了。在冬天他们迫切需要燃料，这几乎比食物还重要。与此同时，极目望去，周围到处是矿业公司的矿渣堆和起重绞车，没有一个矿业公司能将开采出来的煤全部卖掉。或许，道格拉斯①会对这种事情感兴趣。

---

① 道格拉斯，应指克里福德·休·道格拉斯（Clifford Huge Douglas，1879—1952），英国工程师，社会信贷说经济学派的先驱者。在对英国经济状况进行研究后，道格拉斯认为，工人的报酬与他们所创造的经济价值不等，而这种现象长期累积的结果，将导致社会生产与消费的破产，因此，他主张建立社会信贷体系，一方面将经济活动创造的"溢值"以公平形式归还人民，另一方面，建立价格体制，防止高价剥削。

第七章

一路往北而去，你那双习惯了南方或东方的景致的眼睛并没有注意到什么区别，直到出了伯明翰。你会觉得考文垂其实和芬斯伯利公园差不多，伯明翰的宰牛场就像诺维奇集市一样，而中部地区的所有城镇则是一派别墅文明的风光，和南方的城镇没什么两样。你得再往北一些，来到制陶的城镇和更远的地方，才会开始见识到工业文明真正丑陋的一面——这种丑陋是如此恐怖而显眼，而你只能无奈地接受这一现实。

无论再怎么看，矿渣堆就是一个丑陋的事物，因为这东西毫无规划地堆在那儿，一点用途也没有，就像是从一个巨人的垃圾桶里清出来丢在大地上的废品。各个矿镇的外围景象是那么令人毛骨悚然，在你的视野之内到处是灰蒙蒙、锯齿状的山脉，脚下尽是泥巴和灰尘，头顶密布着钢缆，一桶桶废土缓缓地被吊着运上几英里，送到郊外。很多时候，那些矿渣冒着火苗，到了晚上你可以看到鲜红的火光像血脉一样蜿蜒盘绕，而且还可以看到硫磺蓝色的火焰在缓缓流动，似乎就要熄灭了，却又总是冒出来。即使最终矿渣堆渐渐沉淀，也只有一种顽强的棕色的野草才能在上面生长，那处地方还是坑坑洼洼的。在威根的贫民窟，一处矿渣堆被当作了操场，看上去就像波浪起伏的海面凝固在那里，当地人都叫它"棉花垫子"。即使将来这些曾经被挖过煤的地方变成了农田，一个人坐在飞机上，应该一眼就可以发现那些地方很久以前曾经堆过矿渣。

我记得一个冬天的下午在威根的郊区目睹的可怕情景：周围都是像月亮表面一样坑坑洼洼的矿渣堆，北边是四通八达的马路，在堆积如山的矿渣堆之间，你可以看到工厂的烟囱冒着滚滚的浓烟。运河的河道上堆着煤渣和冰结的泥浆的混合物，木屐踩过的痕迹纵横交错。在矿渣堆积的范围之内，到处密布着闪闪发亮的圆坑——这些是积水的水坑，由于下面的矿洞出现地面下陷而形成的。天气特别冷。圆坑覆盖着一层琥珀色的冰。驳船船员披着麻袋，盖到眼睛那里。紧锁的大门上挂着一根根冰条。这里似乎寸草不生，除了黑烟、石头、冰雪、泥泞、灰烬和臭水外再无其它。但比起谢菲尔德，威根还算是漂亮的。我觉得谢菲尔德堪称欧洲大陆最丑陋的城镇——那里的居民样样事情都争强好胜，大概会抢着要这个头衔。谢菲尔德有五十万人口，但像样的建筑却比只有五百人口的英格兰东部的普通村落还要少。还有那股味道！只有在极少数情况下你才闻不到硫烟的味道，而那也是因为你开始闻到煤气的味道。流经这里的那条浅浅的河流总是夹杂着化合物，看上去黄澄澄的。有一次我站在街上，数着视野之内烟囱的数目，一共有三十三根，而如果空气中不是笼罩着一层浓烟的话，数目还会比这多得多。我一直记得这样的一幕情形：一块荒芜的空地（即使在伦敦，你也找不出这么污秽的地方），上面已被踩踏得几乎寸草不生，堆满了旧报纸和破铜烂铁。右边是一排破破烂烂的四居室房屋，原本是深红色的，但被烟熏黑了。左边是长长一列漫无止境的工厂烟囱，一根接一根，一直延绵到远方黯淡的黑色烟雾之后。在我身后是由熔炉的炉渣铺成的铁路路堤。在我身前，越过那块荒地，有一间红砖和黄砖砌成的四方形的房子，外面挂着一块标志牌，上面写着"托马斯·葛洛克公司，承接拖运业务"。

到了晚上，你看不到房子丑陋的形状，也看不见那些黑漆漆的事物了，像谢菲尔德这样的城镇变得十分阴森恐怖。有时候，烟里含有硫磺，透着玫瑰花瓣一样的颜色。铸造厂的烟囱冒出一排排锯齿状的火苗，像是一把把环锯。透过铸造厂敞开的大门，你可以看到炽热的、巨蛇一样的铁条被红光照耀下的小男工们拖来拖去，你听到蒸汽锤的破风声与重击声和铁条淬火时尖锐的声音。制陶的城镇和这里一样丑陋，但规模要小一些。在一排排熏得黑漆漆的房屋之间，有一部分街道专门用来堆放烟囱——那一根根圆锥形的砖砌烟囱像巨型的葡萄酒瓶子一样被埋在泥土中，喷出的浓烟几乎就要熏到你的脸上。你会看到山丘被挖出一个个大坑，有几百英尺宽，可能也有几百英尺深，一边是锈渍斑斑的矿车慢悠悠地顺着铁路被运走，另一边是许多工人像采集海蓬子的人一样用锄头挖掘着山坡。在一个雪天我经过那里，连雪都是黑色的。我们只能说还好制陶的城镇都很小，而且没有延绵成片。不出十英里你就来到未被污染的郊野。站在几乎光秃秃的小山上，制陶的城镇就像远处的一摊污迹。

当你思考这一丑陋的现实时，你会问两个问题：首先，这种情况无法避免吗？第二，这种情况严重吗？

我不认为工业文明的丑陋现象是与生俱来而且不可避免的。和一座宫殿、一个狗窝或一座教堂一样，一间工厂或一间煤气厂不一定非得脏兮兮的。一切都取决于那个时代的建筑传统。北方的工业城镇那么丑陋，是因为它们兴建的时候，现代钢铁建筑结构和除烟技术还不发达，那时候每个人都忙于挣钱而顾不上其他。这些城镇一直这么丑陋，很大程度上是因为北方人已经习惯了，见怪不怪了。谢菲尔德和曼彻斯特的人去到康沃尔郡山区闻一闻那里的空气，他们会说一点怪味也没有。但是，自从大战以来工业开始向南方转移，而且外观也变得整洁干净了。战后的工厂不再是荒凉的厂房或竖着一排浓烟滚滚而且黑漆漆的烟囱。它们通常是闪闪发亮的水泥、玻璃和钢筋建筑，四周围绕着绿茵草地和郁金香花床。你走出伦敦，沿着英国西部铁路一直走，看看那里的工厂，它们或许称不上美观，但起码不会像谢菲尔德那里的煤气厂那么丑。然而不管怎样，尽管工业文明的丑陋一面是最显眼的事实，也是刚来到英国的人骂得最厉害的事物，但我觉得这并不是最要紧的。工业文明就应该以其本来的面目示人，而假如它要伪装成别的模样，我认为这或许不是好事。正如奥尔德斯·赫胥黎先生①曾指出的，魔鬼的洞窟就应该有魔鬼的洞窟的样子，不应该伪装成供奉神秘巍峨的上帝的殿堂。而且，即使在情况最恶劣的工业城镇那里，以狭义的审美观去衡量，有很多事物并不算丑陋。浓烟滚滚的烟囱或臭气熏天的贫民窟之所以令人讨厌是因为它们暗示着扭曲的生活和病怏怏的孩童。从纯粹的审美角度去看，或许它们自有其令人毛骨悚然的魅力。我发现，任何面目狰狞的事物都能令我为之着迷，即使我对其痛恨不已。我去过缅甸，那里的情景让我非常震惊，噩梦连连，并且一直萦绕着脑海中，挥之不去，最后我不得不将其写成一本小说，希望将其从脑海中摈除。（在所有关于东方国

---

① 奥尔德斯·赫胥黎（Aldous Huxley, 1894—1963），英国作家、诗人，出身名门赫胥黎世家，代表作为《美丽新世界》、《猿猴与本质》、《约拿》等。

度的小说中，场景才是它们真正的核心题材。）或许，就像阿诺德·本涅特[1]那样，从黑漆漆的工业城镇掘发出美学价值并不是一件难事。我们可以想象波德莱尔[2]为矿渣堆描写一首诗歌。但工业文明的美丑并不重要。工业文明真正的邪恶隐藏得很深，而且无法消除。记住这一点非常重要，因为我们总是以为只要工业文明能变得干净整洁，那它就不会构成危害。

当你来到北方的工业地区，你会感觉仿佛来到了一个陌生的国度。这部分是因为差异确实存在，但更重要的是，南与北的对应观念长久以来早已深入了我们的骨髓。英国有一种奇怪的风气：北方人总是特别傲慢自负。一个在南方的约克夏人会刻意让你知道他看不起你。如果你询问他原因，他会解释说只有北方的生活才是"真正"的生活，北方的实业工作才是"真正"的工作，住在北方的人才是"真正"的人，而南方人都是食利阶层，还有依附在他们身上的寄生虫。北方人"有种"，而且坚强又勇敢，热情又民主；南方人不仅势利眼，而且娘娘腔，还特别懒惰——这就是那套理论的内容。因此，南方人到北方去的时候，至少第一次去的时候，总是带着自惭形秽的心情，就像闯入蛮夷之地的绅士，而约克夏人和苏格兰人来到伦敦时，感觉就像准备好大肆劫掠的北方蛮子。这种观感是传统塑造的结果，而与实际的事实无关。一个五英尺四英寸高[3]，胸围二十九英寸[4]的英国男人觉得作为英国人，他的体

---

① 阿诺德·本涅特(Arnold Bennett，1867—1931)，英国著名作家，许多作品描绘了英国工业城镇的生活风情。
② 夏尔·皮埃尔·波德莱尔(Charles Pierre Baudelaire，1821—1867)，法国诗人，象征派诗歌先驱，代表作有《恶之花》、《巴黎的忧郁》等。
③ 约合1.62米。
④ 约合0.74米。

格要比卡尼拉①（卡尼拉是意大利后裔）更伟岸，而北方人觉得面对南方人也有这种心理优势。我记得一个孱弱瘦小的约克夏人，要是有头猎狐犬朝他吠一声的话可能就会吓得掉头就跑。他告诉我，在英国南部，他感觉就像"一个野蛮的入侵者"。但就算那些不是出生于北方的人也接受了这一观念。我有一个朋友在南方长大，现在住在北方，一两年前他开车载我经过萨福克郡，我们经过一座很漂亮的村庄。他鄙夷地看了一眼那些房屋，然后说道：

"的确，约克夏的大部分村庄都不漂亮，但约克夏人都很牛逼，而这里却刚好相反——村子是很漂亮，但这里的人却不咋地。住在这些房子里的人都是些一无是处的人，一丁点儿价值也没有。"

我忍不住问他是不是认识这个村子里的人。不，他根本不认识他们，就因为这里是英国东部，那他们一定就一无是处。我还有另外一个朋友，也是在南方出生的，只要一有机会他就会盛赞北方人，贬低南方人。我要引用他写给我的一封信的部分内容作为佐证：

"我在兰开夏的克里瑟罗……我觉得这里沼泽和山区的流水要比南方迟缓凝滞的流水更加迷人，就像莎士比亚所描写的：'波光粼粼的、凝滞的特伦特河'。我要说，越往南方，河水确实越凝滞。"

这是关于北方优越论的一个有趣的例子。不仅你、我和英国南方的所有人都被形容为"臃肿迟钝之辈"，甚至连水到了

① 普利莫·卡尼拉（Primo Carnera，1906—1967），意大利著名拳击运动员，曾获世界重量级拳王称号，身高 1.97 米。

一定的纬度也不再是一氧化二氢，而成了某种神秘高贵的事物。但这段文字的真正有趣之处在于，其作者是个非常聪明的人，有着"先进"的思想，对民族主义持鄙夷批评的意见。如果你对他说，"一个英国人抵得上三个外国人"，他会毫不留情地提出批评。但当事关北方与南方的比较时，他却会接受那些国民性差别的论调——所有那些声称因为你的头骨形状不同或说的语言不一样，你就比别人更加优秀的那些论调——尽管这些都是不实的言论，但仍然有人愿意相信。英国人根深蒂固地认为住在南方的人不如他，连我们的外交政策也在某种程度上受到了影响。因此，我觉得很有必要指出这个谬论是在什么时候由于什么原因而形成的。

当民族主义被狂热崇拜时，英国人观察着世界地图，发现自己身处的那个岛屿位于北半球纬度非常高的地方，于是想出了一个自鸣得意的理论：纬度越高，那里的人种往往越优秀。我小的时候被灌输的历史理论是这样幼稚地解释的：寒冷的气候令人精力充沛，而炎热的气候则令人懒惰，因此这就是西班牙无敌舰队溃败的原因。这种胡搅蛮缠的理论认为英国人充满了活力（事实上，英国人是欧洲最懒惰的民族），盛行了起码上百年。1827 年的一期《季度评论》写道："我们宁愿为了国家利益而劳作不休，也不愿沉溺于橄榄油、葡萄酒和罪恶当中。""橄榄油、葡萄酒和罪恶"三者高度凝聚了英国人对拉丁民族的观感。在卡莱尔[①]、克里希[②]等人的笔下，北方人

---

① 托马斯·卡莱尔（Thomas Carlyle，1795—1881），苏格兰作家、历史学家，代表作有《法国大革命》、《论英雄与英雄崇拜》等。
② 约翰·克里希（John Creasey，1908—1973），英国犯罪与科幻小说家，塑造了苏格兰场神探乔治·吉迪恩的形象。

（先是条顿人后来是斯堪的纳维亚人）被描绘成身材伟岸精力充沛的勇士，他们蓄着金色的胡须，道德品质纯洁高尚，而南方人都很狡猾、怯懦而且放纵堕落。这套理论根本经不起逻辑的推敲，因为按它所说，世界上最优秀的民族应该是爱斯基摩人，但这一理论的确承认比我们住得更北的民族要比我们更优秀。因此，过去五十年来，对苏格兰及其事物的盲目崇拜深深影响了英国的生活。但正是北方的工业化使得南方和北方的对立出现了奇怪的倾斜。直到不久以前，英国的北方　直是落后的封建地区，而工业则集中于伦敦和东南地区。以英国内战①为例，这场战争其实是资本体制与封建体制的冲突。北部地区与西部地区拥护国王，而南部地区和东部地区则支持议会。但随着煤矿工业传播到北方，新的阶层出现了，他们是白手起家的北方商人——狄更斯笔下的兰瑟威尔先生和鲍德比先生。②北方的商人奉行令人讨厌的"誓要发达"的人生哲学，成为了十九世纪的风云人物，即使他们已经死去，却仍然阴魂不散。这种人被阿诺德·本涅特所推崇——他们以半个克朗起家，能挣到五万英镑，他们最自豪的事情就是发家致富之后比以前更加粗鄙无礼。他们唯一的优点就是拥有赚钱的本事。我们不得不钦慕这些人，尽管他们思想狭隘、手段肮脏、傲慢自大、贪得无厌而且举止笨拙，他们"有种"，会"发达"，换句话说，他们知道怎样才能挣到钱。

---

① 英国内战：指 1642 年至 1651 年英国保皇党人与议会党人之间爆发的军事冲突和政治博弈，期间历经查理一世被处决，克伦威尔摄政掌权而后覆灭，查理二世复辟后再被放逐，最后以光荣革命建立君主立宪体制而告终。

② 兰瑟威尔先生和鲍德比先生都是狄更斯作品《荒凉山庄》（*Bleak House*）的人物。

现在这种观念已经不合时宜了，因为北方的商人已经风光不再，但传统并不会因为现实的改变而消失，认为北方人"有种"的观念仍延续了下来。我们还隐隐约约地觉得北方人会"发达"，也就是说，会挣钱，而南方人总是成事不足败事有余。在每个约克夏人和苏格兰人的内心深处，当他们来到伦敦时，总会将自己想象成迪克·威汀顿①，童年时只是个报童，而后来成为伦敦尊贵的市长。这正是他们盲目自大的理由。但如果一个人以为真正的工人阶级也会这么盲目自大的话，那他可就想错了。几年前我第一次去约克夏，以为自己来到蛮夷之邦。我习惯了约克夏人在伦敦的长篇大论，他们自以为说话生动有趣（"我们西莱丁人总是说'小洞不补，大洞吃苦'"），我猜想会遇到很多粗鲁的人，但我一个也没遇到，至少在矿工里没有这样的人。事实上，兰开夏和约克夏的矿工们对我非常客气礼貌，让我觉得很尴尬，因为，假如说有一种人能让我感觉自惭形秽的话，他们只会是矿工。没有人因为我是异乡人而看不起我。这一点很重要，因为我们都知道英国的地域歧视就是大英帝国主义的缩影，而工人阶级并没有地域歧视的偏见。

然而，北方和南方的确有所区别，英国的南部地区生活着许多无所事事、像爬虫蜥蜴一样的懒人，这一点倒是事实。由于气候的原因，像寄生虫一样生活的食利阶层通常会在南部地区定居。在兰开夏的产棉城镇，你可能会连续几个月都听不到"受过教育"的口音；而在英国南部的任何一个城镇，你扔一

---

① 迪克·威汀顿的正名是理查德·威汀顿爵士（Richard Whittington，1354—1423），来自格罗瑟斯特郡的穷苦家庭，后在伦敦经商致富，曾四次被册封为伦敦市长，热心公益慈善，以其名命名的慈善机构至今仍在运作。

块砖头，砸中的可能就是某位主教的侄子。因此，由于没有上流绅士在引领时尚，尽管工人阶级的小资产阶级化在北方已经开始出现，其发展的速度要慢得多。比方说，所有的北方口音都保持得很鲜明，而南方的口音几乎都被电影和英国广播电台的节目改造过了。因此，如果你操着"受过教育"的口音，人家只会当你是异乡人，而不是什么上流绅士。这可很有好处，因为这样一来和工人阶级接触就容易多了。

和工人阶级缔结真挚的友谊可能实现吗？这个问题我稍后再进行探讨，在这里我只想说，我觉得这是不可能的。但有一点毋庸置疑，在北方要比在南方更加容易与工人阶级平等交往。住进一户矿工的家里，并被他们接纳为家里的一员是很容易的事情，而在南部地区的各个郡里，要和一户农场工人同吃同住或许是不可能的事情。我对工人阶级有一定的了解，不会将他们理想化，但我知道在一户工人的家里你可以学到很多事情，假如你能住进去的话。最关键的一点是，通过接触他们的理念和想法，你的中产阶级理念和偏见会受到考验——这里不存在哪一个更好的问题，但两者之间的确有很大的差别。

以对待家庭的不同态度作为例子吧，工人阶级和中产阶级一样重视家庭，但关系远远没有后者那么专制。一个工人不会在脖子上挂着一块沉重的木牌突出自己是一家之主的权威。前面我说过，在贫穷的打击之下，一个中产阶级人士会一蹶不振，而这与他的家人有着非常大的关系——他的家人一直在不厌其烦地指责他不会"发达"。工人阶级更加团结，而中产阶级不团结，或许是因为他们对家庭的忠诚有不同的理解。中产阶层的工会几乎毫无作为，因为在罢工的时候，几乎每个中产阶级人士的妻子都会怂恿丈夫去破坏罢工，顶替别人的职位。

工人阶级还有另一个特点，一开始的时候会令人错愕不已：当他们和自认为与之平等的人在一起的时候，说话很直率坦白。如果你给工人一样东西，而他不想要，他会告诉你他不想要；一位中产阶级人士会收下这样东西以避免冒犯你。还有就是，工人阶级对于"教育"的态度与我们的态度有非常大的区别，而且要合理得多！工人阶级尊敬学识丰富的人，但当"教育"与他们的生活产生接触时，他们却会看穿"教育"的本质，出于健康的本能对其避而远之。我曾经总是慨叹十四岁的男孩被迫放弃学业，开始他们所不喜欢的工作，其实那只是我一厢情愿的想法。在我看来，一个人十四岁就得开始工作是件非常可怕的事情。而如今我知道，一千个工人阶级的孩子中，没有一个不在渴望不用去学校的那一天。他希望开始真正的工作，而不是把时间浪费在像历史和地理这种可笑而无聊的科目上。对于工人阶级来说，呆在学校直到接近成人是可耻和没有男子气概的事情。想到一个十八岁的大个子男生，原本应该每周挣一英镑帮补家计，却穿着滑稽的校服去上学，因为没有做作业还要挨藤条，他们就觉得很好笑！一个出身工人阶级的十八岁的孩子，怎会愿意让自己被打藤条！别人还是乖宝宝的时候他已经是个男子汉了。在萨缪尔·巴特勒①的作品《众生之路》中，主人翁厄尼斯特·潘迪菲回顾自己的公学和大学教育时，他发现那是"病态柔弱的堕落"。从工人阶级的角度看，中产阶级的生活的确很病态柔弱。

---

① 萨缪尔·巴特勒(Samuel Butler, 1835—1902)，英国作家，作品抨击维多利亚时代英国社会的伪善与浮华，代表作为半自传体作品《众生之路》，并翻译出荷马史诗《伊利亚特》与《奥德赛》。

在一户工人阶级的家里——这里我不是指那些失业者的家庭，而是指相对优裕的家庭——你会感受到一种温馨、得体而富有人情味的气氛，而这种气氛在别的地方是难以找到的。我觉得，一个劳动者，如果他工作稳定而且待遇好的话——这一点的意义如今越来越重要——通常他会比一个"受过教育"的人更开心。他的家庭生活似乎更加健康体面。走进一户家境良好的工人阶级的家庭，我经常惊诧于里面的气氛是那么祥和宁静，特别是在冬天的夜晚，喝完茶后，壁炉里生了火，火苗在铁栅栏后跳动着，父亲穿着长袖衬衣，坐在壁炉旁边的安乐椅上，读着赛马的结果；母亲坐在壁炉的另一头缝补衣服；孩子们有一包一便士的硬薄荷糖吃，乐开了怀；小狗躺在地毯上滚来滚去——能住在这样的地方真好，前提是，你不仅能进去，而且被接受为家里的一员。

这一幕情景仍在许多英国家庭中出现，但比起战前数量要少了一些。家庭的快乐与否主要取决于一个问题——父亲是不是有工作。请注意，我刚才所描绘的那一幕情景——一户工人家庭吃完腌鱼喝完酽茶，然后围坐在壁炉的炭火周围——只能在我们所处的这个时代出现，既不属于过去，也不属于未来。两百年后，当我们进入乌托邦的未来，情景会完全不同。我所想象的情景几乎没有一样东西会仍然存在。那时不会再有体力劳动，每个人都"受过教育"，父亲不会再是长着一双大手、喜欢穿着长袖衬衣的粗人，说着："战争就要打响了。"未来的家庭里不会再有壁炉，取而代之的是看不见的暖气机。家具都会用橡胶、玻璃和钢材做成。如果那时还有晚报的话，里面肯定不会有赛马结果的报道，因为在一个没有贫穷的世界，赌博不再有任何意义，而马这种动物已经在地球上消失了，而为了卫生，连狗也不能养。假如生育控制工作做得好的话，那时候不会再有那么多孩子。回到中世纪时代，你仿佛置身于国外。在一间没有窗户的小屋里用木柴生了一堆火，浓烟直熏着你的脸，因为屋里没有烟囱，面包长着霉菌，配上咸鳕干，到处是虱子，坏血病横行，每年生一个孩子，每年都有孩子夭折，牧师讲述着关于地狱的故事，吓得你半死。

有趣的是，不是现代工程的成就，不是收音机，不是电影，不是每年出版的五千本小说，不是在阿斯科特赛马场或伊顿公学和哈罗公学进行板球比赛时热闹的人群，而是对工人阶级家居情形的回忆——特别是在战前我小时候有时看到的情景，那时英国仍很繁荣——让我觉得我们的时代还不算太糟，不至于活不下去。

第二部

第八章

从曼德勒到威根之路很漫长，为什么要走这段路，其实我也不是很清楚。

在本书的前面几个章节里，我对在兰开夏和约克夏等矿区所目睹的情况进行了凌乱无章的描述。我之所以要去那里，一部分原因是出于我想了解大规模失业在最严重的时候到底是怎么一回事，另一部分原因是我想近距离观察最典型的英国工人阶级的行业。这对我很重要，因为这是我自己的社会主义之路的一段路程，因为，在你确定是否真心认同社会主义之前，你必须作出判断，当前的情况是否到了无法容忍的地步，而且，你必须态度鲜明地面对阶级这个非常困难的课题。在此请容许我暂时离开主题，去解释一下在阶级这个问题上我的态度是如何逐步演变的。显然，这个问题牵涉到我的生平。我觉得我是自身所属阶级（或这一阶级某个细分阶层）的典型，身上带有该阶层明显的特征。正是基于这一点，我才要费点笔墨说一说自己的故事。

我出生于某些人称之为中上阶层中的下层家庭。十九世纪八九十年代是中上阶层的黄金时代，吉卜林①是这一阶层的桂冠诗人，但当维多利亚时代的繁华消散无痕时，中上阶层也随之化为荒凉的土丘。或许，不应该将其比喻为"土丘"，而是土层，收入在每年 2 000 英镑到 300 英镑之间的阶层，而我的家庭收入刚好超出了底线一点点。你会注意到，我以金钱来定义这一阶层，因为这是让你能立刻理解的最直接的方式。但是，英国的社会阶层体系并不是单靠收入这一标准就能解释得通的。简单来说，它的确是按收入进行划分的，同时也被阶级体制的阴影所影响，就像一座样式摩登却风雨飘摇的小楼，被中世纪的恶鬼纠缠不休。因此，中上阶层的覆盖范围可以一直延伸到，或曾经延伸到，年收入300英镑的家庭，这一收入要比那些没有上等人光环的一般中产阶层家庭低得多。或许，在别的国家，你可以通过收入判断一个人的政治倾向，但在英国，光靠收入作为判断标准并不靠谱；你还得考虑他的出身。一位海军军官与他光顾的杂货店老板可能收入差不多，但他们可不是同一社会阶层的人，只有在战争或大罢工这样的重大问题上或许才会想法一致——或许，到了那个时候，他们仍会有分歧。

的确，中上阶层已是穷途末路了。在英格兰南部地区的每一座城镇，更别说荒凉萧条的康辛顿和伯爵府，那些领略过它的辉煌的人已经垂垂老矣，目睹世道中落，不禁悲从中来。每当我阅读吉卜林的作品，或走进一度为中上阶层所追捧流连的大而无当的商店时，我总会想起"放眼四顾，风流总被雨打风吹去"②这句话。但是，直到战争之前，中上阶层虽然已经步向衰落，却仍然踌躇自得。在战争前，你的身份要么是一位绅士，要么不是一位绅士。如果你是一位绅士，无论你的收入是多少，你得有绅士的派头。一年挣400英镑的人和一年挣

---

① 约瑟夫·拉迪亚·吉卜林（Joseph Rudyard Kipling，1865—1936），英国作家与诗人，作品宣扬大英帝国的荣耀与辉煌，代表作有《七海》、《丛林故事》等。

② 此句出自亨利·弗朗西斯·赖特（Henry Francis Lyte，1793—1847）的赞美诗《与我同在》（*Abide with Me*）。

1 000英镑乃至2 000英镑的人之间横亘着一道固定的鸿沟，但那些年入400英镑的人会尽一切努力不去理会这道鸿沟。或许，中上阶层最突出的特征是，按照他们的传统，他们不会从事商业，而是投身于军队、政府和专业领域。这一阶层的人没有土地，但他们认为在上帝的眼中他们就是土地的主人，他们保持着半贵族的风度，从事专业工作，为国家作战捐躯，但绝不会从事商业贸易。从孩提时代开始他们就习惯于数着盘子里的梅核，预测自己的命运，念叨着"陆军、海军、教会、医生、律师"。而就连"医生"比起其他职业，也相对要差一些，放进歌谣里只是为了对仗顺口而已。当你属于中上阶层，年收入却只有400英镑，情况就比较尴尬，因为这意味着你的绅士气派只能是纸上谈兵。你生活在两个世界里。理论上，你知道应该怎么使唤用人，如何打赏他们，而事实上你只有一个住家用人，顶多两个。理论上，你知道如何着装，如何点餐，但在生活中你根本请不起好一点的裁缝或下好一点的馆子。理论上，你知道如何开枪骑马，但在生活中你根本没有马可以骑，也没有一丁点儿开阔地让你开枪。正是因为这样，所以印度（现在是肯尼亚、尼日利亚等地方）对下层的中上阶层有着莫大的吸引力。他们到那里从军或担任地方官，不是为了挣钱，因为军官和官员并不挣钱，而是因为在印度养马很便宜，可以自由自在地开枪，有成群的黑奴使唤，当绅士是件很简单的事情。

而在那些破落户的士绅家庭里，他们比靠领救济金生活的工人家庭对贫穷更加敏感。房租、衣服和学费是挥之不去的噩梦，任何奢侈的消费，即使只是喝杯啤酒，也是不一定时常有之的奢华享受。实际上，一个家庭几乎所有的收入都被用来维持表面的风光。显然，这种人的处境非常尴尬。有人或许会认为他们只是极少数的例外，因此并不值得关注。事实上，无论是过去还是现在，这种人的数目很多。例如，大部分神职人员、中小学校长、几乎所有驻扎印度的英国官员、一小部分士兵与船员，以及为数众多的专业人士和艺术家都属于这类人。但是，这个阶层的真正重要意义在于他们是资产阶级的缓冲带。真正的资产阶级人士，那些年收入 2 000 英镑以上的人，用金钱在他们与被他们无情掠夺的阶层之间构筑了厚厚的隔离层。他们对下层阶级的全部认知仅限于他们所见过的雇员、仆人和小商人。但对于那些收入更加低下的可怜的家伙而言，情况则大不一样。他们竭力挣扎，想以工人阶级的收入过上绅士派头的生活。这些人只能与工人阶级厮混在一起。我猜想，传统以来上流社会对平民的态度就是从他们那里流传下来的。

到底他们对平民拥有怎样的态度呢？这种态度既有内心里暗暗窃喜的优越感，又带有强烈的仇恨。浏览过去三十年来任何一期《潘趣》杂志，你会发现，工人阶级总是被取笑的对象，这在任何地方都被认为是天经地义的事情，当然也有例外，那就是，如果劳动阶层兴旺壮大了，那他将不再是嘲讽的对象，而是变成了可怕的恶魔。我不会花费气力对这种态度进行谴责，我们应该考虑这种态度是如何产生的，而要做到这一点，我们得知道在那些与工人阶级生活在一起，却有着不同的生活习惯和传统的人眼中，工人阶级到底是什么样的人。

破落户的士绅家庭，他们的情况就好比是住在整条街都是黑人的穷苦白人。在这种情况下，他们只能继续显摆绅士派头，因为这是他们仅有的东西了。与此同时，由于他们的妄自尊大、说话的口气和举止派头，他们被周围的人所痛恨，并被视为统治阶层的一分子。在我大约六岁的时候，我第一次意识到社会阶层之间的区别。在此之前，我把工人阶级视为心目中的英雄，因为他们所做的事情总是很有趣，像渔民捕鱼、铁匠打铁、铺砖工铺砖什么的。我还记得在康沃尔农场的那群帮工，当他们种萝卜的时候，他们总是让我坐在播种机上，有时还会抓母羊挤奶给我喝。我还记得隔壁邻居建新房子时的那帮工人，他们让我玩湿灰泥，从他们身上我学会了"婊子"这个词。我还记得同一条马路那一头的水管工，我经常和他的小孩一起去掏鸟窝。但不久我就被勒令不得和那个水管工的孩子们一起玩，因为他们是"平民"，我得和他们保持距离。你可以说我的父母很势利眼，但对于中产阶层的人来说，他们不想让孩子学那些粗俗的口音，就只能这么做。就这样，从小时候开始，工人阶级就不再是友善的好人，而是我的敌人。我们知道他们痛恨我们，但我们不明白为什么会这样，自然而然地，我们将其归结为纯粹的歹毒与恶意。对童年时的我来说，对所有像我这种出身的小孩子来说，平民几乎就是"亚人类"。他们长相丑陋，言语低俗，举止粗鲁；他们不喜欢和他们格格不入的人；只要一逮到机会他们就会恶毒地侮辱你。这就是我们对他们的观感，虽然这很荒谬，却是可以理解的。因为，我们必须记住，在战争之前，英格兰的阶级仇恨比现在要更加露骨。那个时候，只要你长得像个上流社会的人，你可能就会受到无端的侮辱。如今，情况变了，如果你长得像个上流社会的人，或许阿谀奉承就会不请自来。上了三十岁的人都记得以前一个衣冠楚楚的绅士走在贫民窟的街道上，免不了会被人嘲讽喝骂。大城市里有成片的街区是危险区域，因为到处都是流氓混混（现在已经几乎绝迹了）。而且在伦敦到处都是穷苦的小孩，他们骂人时声音洪亮，粗鄙无文却又绝不犹豫，令那些耻于还嘴的人好不狼狈。童年放假的时候我最害怕的是一帮小混混，他们最善于以众欺寡，老是五个人甚至十个人欺负我一个人。风水轮流转，有时是我们仗着人多势众欺负他们。我记得1916—1917年那个冬天打了好几场凶悍的群架。上流阶层与平民阶层这种赤裸裸的敌对情绪，其传统可以追溯到至少一个世纪以前。十八世纪六十年代，在《潘趣》杂志里刊登过一幅漫画，一个个头瘦小、神色紧张的绅士骑马经过贫民区，一群街头孩童包围着他，高喊着"有钱佬来啦！走啊，我们去卟他的马！"现在，怎还会有孩童要去惊吓那位绅士的马！如今，这些孩子更有可能做的，是缠着这位绅士不放，怀着微弱的希望想获得几个赏钱。过去这十几年来，英国的工人阶级变得比以前奴化了，变化之快令人惊诧莫名。这是不可避免的，因为失业这根大棒让他们吓破了胆。在战争之前，他们的经济情况相对好一些，因为尽管那时没有救济金可以依赖，但失业的情况并不严重，管理层也不像现在这么强势。当一个人顶撞有钱人的时候，他不会觉得自己完蛋了。当然，只要情况看似安全，他总不会放过顶撞一个有钱人的机会。雷尼尔①在他关于奥斯卡·王尔德②的书中指出，王尔德接受审判时③所激起的离奇而猥琐的公愤是出于当时的社会情况使然。伦敦的暴民逮到一

---

① 古斯塔夫·乔汉尼斯·雷尼尔（Gustaaf Johannes Renier，1892—1962），伦敦大学历史教授，著有《奥斯卡·王尔德》、《英国人：他们可是人类？》等。

② 奥斯卡·王尔德（Oscar Wilde，1854—1900），爱尔兰作家、诗人，唯美文学主义先驱，代表作有《莎乐美》、《斯芬克斯》、《快乐王子及其他故事》等。

③ 1895年昆斯贝利侯爵公然斥责王尔德为同性恋者，王尔德上诉法庭控告侯爵败坏其名誉，但被反告与男性有染，伤及风化，被判入狱两年。

个上流社会的人士如此狼狈不堪，而他们鼓噪着让他继续难堪下去。这是再自然不过的，甚至天经地义的事情，因为如果你以过去两个世纪以来英国的工人阶级所遭受的待遇去对待别人，他们不心怀仇恨才怪。但另一方面，如果破落户的士绅家庭的孩子长大后对工人阶级怀恨在心，将他们视为无赖和暴徒，我们也不能因为他们这么想而横加指责。

此外还有一个更严重的难题，你将了解到在西方国家阶级区分的真实秘密——为什么一个欧洲资产阶级人士，即使他自诩为共产主义者，也得经过一番挣扎才能认为工人阶级其实与自己是平等的人。六个字就能总结出来，但这六个字如今人们不敢轻易说出口，但在我小时候这几个字可以随便说出来。这几个字就是：下等人臭死了。

这就是我们所接受的熏陶——下等人臭死了。显然，这是你无可逾越的障碍。因为，没有任何喜爱或憎恶的感觉能像具体的感官刺激那么深刻。种族仇恨、宗教仇恨、教育的差异、性格的差异、智力的差异，甚至是道德法则上的差异，这些都可以克服，唯独生理上的厌恶是无法克服的。你可能会爱上一个杀人犯或鸡奸犯，但你绝对无法爱上一个有口臭的人——我的意思是，一个总是口臭的人。无论你多么关心他，无论你多么仰慕他的才华和品格，如果他有口臭，他就是一个很可怕的人，在你内心深处会对他心生厌恶。如果中产阶层的人经历了说教，认为工人阶级的人无知、懒惰、酗酒、低俗、狡诈，问题或许还不会那么严重。他们所接受的教育告诉他们工人阶级的人都很肮脏，这种心灵上的伤害是无法弥补的。在我小时候，大人们一直对我们说工人阶级的人很肮脏。从小小年纪起你就认为工人阶级的人身体很污秽恶心，不到万不得已的时候你不会凑近他们身边。你看着一个大汗淋漓的苦力肩上扛着铲子从路上走过来，你看着他那件已经褪色的衬衣和污渍积了几年之久的灯芯绒裤，你想象着他的腋窝、油腻腻的褴褛衣衫还有那很久没洗澡的躯体，到处都是棕色的污垢（这就是我习惯性的思维），还有那股强烈的、熏肉一样的味道。你看到一个流浪汉在臭水沟边脱掉靴子——噢！你不会想到其实那个流浪汉也不想有一双黑乎乎的脚。即使那些你知道其实很干净的下层人——比方说，仆人——也会让你心生憎恶。出于某种神秘的原因，他们身上的汗味与他们皮肤的纹理似乎和你自己的汗味和皮肤的纹理就是不一样。

那些操着上流口音，家里有浴缸和一个仆人的人就是带着这种感觉长大的。　因此，在西方国家，阶级间的差别似乎成了无法逾越的鸿沟。但奇怪的是，很少有人愿意承认这一点。这会儿我只能想起一本书，毫无欺瞒地承认了这一点，这本书是萨默塞特·毛姆[①]先生的《在中国屏风上》。在书中，毛姆先生描写了一个中国大官来到一间路边的客栈，大耍官威对众人喝喝骂骂，让那些下人知道他是不可冒犯的大老爷，而他们只是蝼蚁贱民。没过一会儿，这位大老爷觉得已经耍足了官威，便亲善和蔼地和一帮搬行李的苦力一同吃饭。作为一名官员，他觉得自己有必要让其他人领略到他的威风，但他又觉得那些穷苦百姓其实和自己一样都是凡夫俗子。在缅甸我见过数不胜数的类似一幕。在蒙古人种——在我所知道的所有亚洲人

---

① 威廉·萨默塞特·毛姆（William Somerset Maugham，1874—1965），英国作家，曾到过远东及中国旅行，代表作有《月亮与六便士》、《刀锋》、《周而复始》等。

中间——人与人之间天生就是平等的，很容易融洽地相处，而这种情况在西方国家根本不可想象。毛姆先生补充写道：

"在西方，气味将人与人分隔开来。工人是我们的主人，他们希望以铁腕统治我们，但不可否认的是，他们很臭：这一点没有人会怀疑，因为他们得迎着晨光，匆匆忙忙地赶在工厂的钟声响起之前去上班，这可不是什么愉快的事情，而工厂里的重活也不是好玩的。他们每周的衣服都得由牙尖嘴利的老婆来洗，因此，不到实在忍受不了的时候，他们不会更换内衣。我并不是因为工人身上很臭而谴责他们，但他们的确很臭。但凡嗅觉正常的人根本无法和他们交往。早上起来时洗不洗澡这个习惯就是阶级之间的分野，远比出身、财富或教育更加壁垒分明。"

那么，"下等人"真的很臭吗？当然，大体上，他们要比上流社会的人脏一些。这是理所当然的事情，这是出于生活环境所迫，直到现在也只有不到一半的英国房屋安设了浴室。而且在欧洲，每天清洗全身上下是最近才有的事情，而工人阶级比资产阶级更守旧传统。但英国人要比以前干净多了，或许，再过个一百年他们会和日本人一样干净。遗憾的是，有些人把工人阶级理想化了，他们觉得工人阶级的方方面面都值得歌颂，因此，他们昧着良心说肮脏也是美好的。有趣的是，社会主义者和多愁善感、笃信天主教又崇尚民主的切斯特顿这类人有时候志同道合意趣相投。这两种人都会告诉你，肮脏其实很健康自然，而干净只是一种时尚，乃至一种奢侈。①他们没有

---

① 原文注：根据切斯特顿的说法，肮脏只是一种身体上的不适，因此可以看成是自我禁欲。不幸的是，肮脏造成了别人的不适。肮脏所造成的自身的不适其实并不严重——比起大冬天早上洗个冷水澡，肮脏还是很舒服的。

意识到这么做是在抹黑，让人觉得工人阶级的肮脏其实是出于自己的选择，而并非出于迫不得已。事实上，只要有浴室，大多数人愿意洗个澡。但最要紧的是，中产阶级认定工人阶级的人都很脏——从上面的引文中你可以看出毛姆先生本人也是这么认为的——而且，更糟的是，他们认为工人阶级的人天生就是这么脏。小时候我所能想象到的最可怕的事情之一，就是喝一个苦力工人喝过的瓶子里的水。我十三岁的时候，有一次乘火车从集市回家，我坐的是三等车厢，里面挤满了牧羊人和养猪倌，他们也刚从集市卖完牲畜回家。有人拿出一瓶啤酒，容量有一夸脱吧，大家传着喝，瓶子经过了一张张嘴，每个人都痛痛快快地喝了一口。我无法描述当时那个瓶子一路朝着我这边传过来时内心的恐惧。经过这么多张下层阶级男性的嘴，如果我从那个瓶子里喝啤酒，我肯定会吐的。但另一方面，如果他们把酒瓶递给我，我可不敢拒绝他们的好意，担心会激怒他们——你可以看到中产阶级的洁癖让他首鼠两端、不知所措。如今，感谢上帝，我不再有这种感觉。对我来说，一个工人的躯体与一个百万富翁的躯体没什么两样。我仍然不喜欢和另一个人从同一个杯子或同一个瓶子里喝水——我是说，另一个男人，我可不介意喝女人的口水——但至少这与社会阶级无关。我曾经和流浪汉们厮混在一起，这治愈了我的洁癖。其实流浪汉并没有英国人想象中的那么脏，但他们却顶着"肮脏污秽"的骂名。当你曾和一个流浪汉睡同一张床，喝同一只鼻烟罐里的茶水，你会觉得你已经经历过最糟糕的情况，不会再觉得恐惧。

我花了这么多篇幅写这些事情，是因为它们非常重要。为了消除阶级间的差异，你必须先了解一个阶级在另一个阶级眼中是什么样子的。只满足于指责中产阶级"势利自负"是无济于事的。你必须深入理解到,他们的"势利自负"其实是出于理想主义,因为中产阶级的小孩从小就被教导三件事:要洗干净脖子,要准备好为国捐躯,要鄙视下等人。

或许有人会指责我思想落后,因为我的童年是在战争前和战争期间度过的,现在的孩子所接受的思想观念要开明得多。的确,时下的阶级观感没有以前那么尖锐了。以前的工人阶级公开显露出敌意,但现在他们变得温顺了;战后,廉价衣服开始大规模地生产,对举止礼仪的要求也没有以前严格了,这使得阶级与阶级之间表面上的差别没有那么鲜明了,但那种感觉依然存在。每个中产阶级的人都有着根深蒂固的阶级偏见,只要一件小事就可以激起这种偏见。如果他的岁数超过了四十岁,或许他会一心认为自己这个阶级为了下层阶级作出了牺牲和奉献。如果你对出生于绅士之家,毫无头脑,一年只挣四五百英镑,拼命维持着面子上的风光那种人说,他是剥削寄生阶级的一员,他会认为你一定是疯了。他会无比诚恳地向你指出,在方方面面他要比工人更窘迫。在他的眼中,工人们不是被欺压的一群奴隶,而是可怕的汹涌洪水,正在不停地往上涨,就要将他、他的朋友和他的家庭吞没,席卷一切文化和礼仪,将其摧毁。因此,他们忧心忡忡,唯恐工人阶级会发展壮大。战后不久,有一期《潘趣》刊登了这样一幅漫画——当时煤炭价格仍维持在高位,漫画上画着四五个矿工,个个面目狰狞,正坐在一辆廉价汽车里。他们从一个朋友身边呼啸而过,那人问他们从哪儿借来的这辆车,他们回答:"这东西我们买下来了!"你可以看到,这就是《潘趣》所不能容忍的现象:矿工们居然买车了!即使是四五个人合买一辆车,也是违背常理的畸形现象，几乎等同于犯罪。这种态度就发生在十几年前，至今我没有看到显著改变的证据。社会上仍广泛流传着一种看法：工人阶级被救济金、养老金、免费教育等福利给宠坏了，道德败坏了。或许，这种看法稍稍动摇了一些，因为人们开始意识到失业问题的确存在。对许多中产阶级的人来说，尤其是五十岁以上的绝大多数人，一个工人的典型形象就是骑着摩托车到职业中介处找活干，用浴缸堆放煤块；他们会说："信不信由你，亲爱的，他们真的领救济金结婚哪！"

如今，阶级仇恨似乎正在消退，这只是因为阶级仇恨没有被文字所宣扬，一部分原因是出于我们这个时代习惯于拐弯抹角，另一部分原因是出于报纸和书籍现在不得不取悦工人阶级。你只能通过私人间的对话了解阶级仇恨，但如果你想看到文字上的描述，我建议你读一读已故的塞恩斯伯里①教授著作的附言。塞恩斯伯里教授博学多才，称得上是一位明智审慎的文学批评家，但当谈及政治或经济方面的话题时，他与自己的阶层其他人的区别仅仅在于，他极为麻木不仁，而且出生得太早，连最起码的尊重和礼貌都没有学会。根据塞恩斯伯里的看法，失业保险只会"养一群懒汉"，而工会运动就是有组织的乞讨行为。

"如今'乞丐'这个词几乎是一个可以起诉的罪名，不是吗？什么是乞丐？就是'完全或部分程度上依赖别人而活的人'，而如今有相对一部分人，还有某个政党，热切地盼望着成为乞丐，甚至将成为乞丐当成理想。"（《札记第二卷》）

---

① 乔治·爱德华·贝特曼·塞恩斯伯里（George Edward Bateman Saintsbury，1845—1933），英国作家及文学史专家。

不过，值得注意的是，塞恩斯伯里知道失业是不可避免的问题；事实上，他认为失业应该存在，应该让那些失业的人受尽折磨。

"难道打零工不是安全合理的劳动力体制的个中真谛和释放压力的安全阀吗？……在纷繁复杂的工商业社会，捧铁饭碗拿一份稳定的工资是不可能实现的；而让靠救济金过日子的失业人员享受和就业人员一样的工资，将使社会走向堕落，而且很快将会带来毁灭性的打击。"（《札记终章》）

当那些打零工的人连零工都找不到时，他们会有怎样的遭遇，书中没有提到。照塞恩斯伯里的看法，（他希望制订"合理的济贫法"）他们应该进济贫院或露宿街头。至于有人认为每个人理所当然应该得到维持生计的机会，塞恩斯伯里轻蔑地否定了这一观点：

"谈到'生存权'的问题……不应该高于'不被杀害的权利'。除了这种保护，为生命的延续提供额外的支持当然是慈善机构的工作，可能是人类道德的要求，或许是公共机构应该提供的服务；但从严格意义上讲，很难说这样做是社会正义的明确要求。

"至于那种荒谬的论调，认为生于一个国度就理应得到该国的土地，我们根本不值得对其进行关注。"（《札记终章》）

有必要对最后一段话的美妙暗示考究一番。像这样的文字（贯穿塞恩斯伯里的作品都是类似的内容）居然得以出版，实在是令人惊讶。大部分人都会耻于将这样的内容付诸笔端，但塞恩斯伯里这里所写的，正是那些一年能安稳地挣个五百英镑的小人物内心的写照；因此，他们对塞恩斯伯里直抒胸臆的描写一定感到非常崇敬。能公然扮演这么一个丑角，需要多么大的勇气啊。

以上所说的是赤裸裸的反动思想的写照。至于那些观点并不反动，反而"进步"的中产阶级人士，他们又是怎样的呢？在革命主义的面具底下，他们真的与其他人不一样吗？

一个中产阶级人士可以投身社会主义，甚至加入共产党，而他和其他中产阶级到底有什么区别？显然，生活在一个资本主义社会，他不得不继续挣钱谋生，如果他一直维持着资产阶级的经济地位，没有人可以责怪他。但他的品位、他的习惯、他的举止、他的思想背景——用共产主义词藻来说，就是意识形态——是否发生了改变呢？现在他除了会投票给工党外——如果情况允许的话，投给共产党外——在他身上还有其他改变吗？显然，他仍然习惯性地和本阶级的人交往，和一位本阶级的人在一起比和一个工人阶级的人在一起感觉更加自在，即使前者认为他是个危险的布尔什维克党人，而后者则认同他的理念。他对食物、美酒、服饰、书籍、图画、音乐、芭蕾等方面的品味仍明显带有资产阶级的烙印；而最重要的是，他一定会和本阶级的人结婚。看看那些出身资产阶级的社会主义者。看看 X 同志，他是大不列颠共产党的主要成员及《马克思主义简明指南》的作者。X 同志其实是位伊顿公学的旧友。理论上，他做好了在街头斗争中牺牲的准备，但你注意到他习惯于不把马甲最底下的纽扣扣起来。他对无产阶级进行了美化，但他的习惯却与无产阶级工人决然迥异。或许有那么一两次，出于表示英勇，他会抽雪茄时不拆腰花，但他绝不会用刀尖插着奶酪然后就送进嘴里，或戴着帽子坐在室内，更不会用茶碟喝茶。我认识好几个资产阶级的社会主义者，我听过他们长篇累牍地对自己的阶级进行抨击，但我一次也没有见过他们用无产者的方式用餐。到底为什么会这样？为什么他们认为无产者体现了一切优点，自己却仍坚持喝汤的时候不能发出声音？答案只会是，在他的内心深处，他觉得无产者的举止很恶心。因此，你看到，他仍然受到童年时教导的约束，他仍对工人阶级充满憎恨、恐惧与鄙夷。

第九章

十四五岁的时候，我是个自命不凡的势利眼，那时候班上的同学或同龄人都和我一样。我觉得世界上再没有什么地方能比英国的公学更露骨直白地展现势利刻薄，以种种文雅精致的方式培养其学生的这一品质。在这个问题上，谁能指责英国的教育没有收到效果呢？毕业后几个月内，你所学的拉丁语或希腊语就会忘得一干二净——我学了八到十年希腊语，而如今，我三十三岁，连希腊字母表都背不全——但除非你像清除杂草一样坚持不懈地努力，将其连根拔起，否则你的势利眼会伴随着你，直到你步入坟墓。

在学校里我的处境很尴尬，因为身边绝大多数同学都要比我有钱。我能上得起昂贵的公学，是因为我幸运地获得了奖学金。中上阶层的下层人士、神职人员、驻印度官员等等，他们的孩子或许都有同样的经历，而这些经历对我产生的影响或许是司空见惯的事情。一方面，上公学让我更加坚定地扎根于出身的阶层；另一方面，我对那些男孩充满了仇恨——他们的父母比我的父母有钱，而且他们还故意炫耀，唯恐我不知道这一点。我鄙夷任何不能被称为"绅士"的人，而我也痛恨那些贪得无厌的有钱人，特别是那些一朝发达的暴发户。我觉得，高雅的人应该是出身名门而身无分文。这就是中上阶层的下层人士的信条之一，感觉很浪漫，就好像追随詹姆斯二世①流亡的人心里的感受一样，让人觉得很舒服。

但在战争期间和随后的几年间，上学变成了一桩很奇怪的事情，因为英国从未像那时一样与革命如此接近，革命气氛之热烈大概只有一个世纪之前的英国社会才可以比拟。整个国家弥漫着一股革命情怀的浪潮，虽然这股浪潮已被扭转并被人遗忘，但仍留下了许多历史的沉淀。本质上，虽然当时没有人能够看清，那是年轻人对年长者的反叛，而直接肇因正是那场战争。在那场战争中，年轻人被送上战场牺牲，而年长者们的行为即使到了现在也令人觉得寒心。他们躲在安全的地方，大肆宣扬爱国主义，而他们的子弟在德军的机关枪扫射面前像干草捆一样无助地倒下。而且，那场战争是年长者们策动的，暴露出他们的极度无能。到了 1918 年，所有四十岁以下的人都对年长者非常不满，反军国主义的情绪自然而然地蔓延到了对权威和正统教条的反抗。在当时，年轻人非常仇视"老人"。他们认为，"老人"的统治应为每一桩罪行负责，任何为人所接受的事物，从斯科特②的小说到上议院都遭到嘲弄，就因为它们是"老人们"所青睐的事物。有那么几年，当一个人们口中所说的"布尔什维克"是顶时髦的一件事情。英国到处都是半吊子的唯信仰论思想，各种各样的和平主义、国际主义、人道主义喧嚣一时，女权主义、自由恋爱、离婚改革、无神论、生育控制——这些平时难以启齿的话题也可以公开谈及了。当然，革命的情绪还波及到那些年龄太小不能参军的年轻人，乃

---

① 詹姆斯二世（James Ⅱ，1633—1701），1685 年至 1688 年任英格兰、苏格兰及爱尔兰国王。1688 年光荣革命时被剥夺王位，流亡法国。

② 沃尔特·斯科特（Walter Scott，1771—1832），英国作家、剧作家、诗人，代表作有《赤胆豪情》、《湖畔少女》等，被推崇为英国文学经典作家之一。

至公学里的小男生。那时候我们都认为自己是新时代的、受过启蒙的新人，拒绝那些人憎鬼厌的"老人们"强加于我们身上的传统教条。我们仍然摆出一副中产阶级自命不凡的架势，我们理所当然地认为我们可以继续享受本阶级的福利，找到轻松的工作，但我们又觉得"与政府作对"是天经地义的事情。我们嘲讽士官训练学校、基督教、义务兵役和英国王室，我们根本没有意识到自己只是全球反战运动的一分子。有两件事是当时那种奇怪的革命情绪的写照，我一直铭记在心。有一天，我们的英语老师让我们做一份常识考试问卷，上面有一道问题："你认为在世的十大伟人是谁？"班上十六个男生（我们的平均年龄是十七岁）有十五个在回答中提到了列宁。这件事就发生在自命不凡而昂贵的公学，当时是 1920 年，那时对俄国革命的恐惧在每个人的心中仍难以磨灭。此外，1919 年的时候到处都在进行所谓的和平纪念活动，我们的学长决定我们也应该以传统的方式庆祝和平，那就是嘲讽我们的敌人。我们列队举着火把走进操场，高唱类似《大不列颠颂》的沙文主义歌曲。我们这帮小男生热热闹闹地和着调子高嚷着亵渎神明而且极具煽动性的口号，觉得这是顶光荣的一件事。我不知道现在还会不会发生类似的事情。如今我所遇到的公学男生，即使是那些聪明的优等生，在思想上也要比十五年前的我们右倾得多。

也就是说，十七八岁的时候，我是一个自命不凡的革命党。我反对一切权威，我反复阅读了萧伯纳、威尔斯[①]和高尔斯华绥（当时他们被认为是危险的"进步作家"）所有出版的作

---

① 赫伯特·乔治·威尔斯（Herbert George Wells，1866—1946），英国作家，与法国作家儒勒·凡尔纳（Jules Verne）并称为科幻小说之父。

品，我模糊地自认为是一个社会主义者。但当时我对什么是社会主义其实知之甚少，更不知道工人阶级其实也是人。通过读书这种隔靴搔痒的方式——例如，杰克·伦敦的《深渊中的人》——我为他们的苦难感到愤愤不平，但只要我一接近他们，仍会感觉心中充满了憎恨与鄙夷。我很反感他们的口音，觉得他们总是那么粗鲁，总是充满了愤怒。你必须记住，当时是战后不久，英国的工人阶级非常好斗。那时爆发了好几次煤矿大罢工，矿工们被视为魔鬼的化身，老太太们每天晚上得检查床底下，担心罗伯特·史密利①会躲在那里。在战争期间与之后一小段时间里，工人们的工资很高，而且不用担心失业，但很快情况就开始回复原状，甚至变得更糟糕，工人阶级自然而然地进行反抗。许多人受空头承诺的蒙骗，参军作战，退役回家时却发现工作没有了，甚至连家也没有了。更糟糕的是，他们经历过战争，带着老兵油子的习气回来，尽管受过军纪约束，却变得目无法纪。到处弥漫着动荡骚乱的气氛。以下这首歌的歌词唱出了当时人们的心声：

"世道真是不太平，

有钱人越来越有钱，

穷人家忙着把孩子生，

就在这个时代，

生活在这个时代，

何不及时行乐？"

那时的人们还没有想到失业会伴随他们的一生，只能靠不

---

① 罗伯特·史密利（Robert Smillie，1857—1940），英国工运领导人、政治家，独立工党创始人之一。

停地喝茶纾缓心中的郁结。他们仍然盼望着为之奋斗的乌托邦将会到来，他们比以往更加公开地对装腔作势的上流社会表示敌意。因此，在那些充当缓冲带的资产阶级，例如我这样的人眼中，"平民们"都是一些行为粗鲁、面目可憎的人。回首那段岁月，我觉得似乎有一半的时间在谴责资本主义制度，而另一半的时间抱怨巴士乘务员的倨傲无礼。

我还没满二十岁就去了缅甸，在驻印度皇家警察部队服役。在缅甸这样的"大英帝国前哨地区"，阶级问题乍看之下似乎可以束之高阁。表面上，这里没有明显的阶级矛盾，因为在这里最重要的不是你的教育背景，而是你有没有白种人的肤色。事实上，在缅甸的白人除了一些士兵和几个来历不明的人外，大部分人在英国根本不能称之为"绅士"，但他们过着绅士一般的生活——家里有好几位仆人，把晚上那顿饭称为"正餐"——理论上，他们都属于同一阶级。他们是"白种人"，与其他劣等的"土著人"截然不同。但比起对待英国本土的"下等人"，英国人对"土著人"另有一番观感。最重要的一点就是，"土著人"，也就是缅甸人，在生理上不会令人心生厌恶。英国人会因为他们是"土著人"而看不起他们，却愿意和他们有亲密的身体接触。我注意到，即使是那些肤色歧视最厉害的白人也不例外。当你有一大群仆人时，很快你就会变得很慵懒，比方说，我习惯让我的缅甸男僮帮我更衣脱衣，因为他是缅甸人，而且不惹人嫌。我无法忍受一个英国男仆以那样亲密的方式伺候我。和缅甸人在一起时，我觉得似乎是和女性在一起。和大多数人种一样，缅甸人有一股特别的味道——我无法形容这种味道，闻到那股味道会令人牙齿打战——但我并不讨厌这股味道。（顺便说一句，东方人说我们英国人有一股味道。我知道，中国人觉得白种人的味道就像死尸一样。缅甸人也有同样的说法——不过没有缅甸人会粗鲁地在我面前这么说。）任何人都无法拒绝承认一个事实，那就是：大部分蒙古人种的身体要比白种人的身体来得优美干净。缅甸人的肌肤结实柔滑，要过了四十岁才会起皱纹，然后就像一块皮革一样渐渐枯萎，而白种人的皮肤则显得粗糙松弛，严重下垂。白种人的大腿、手臂和胸前长有稀疏而丑陋的毛发，缅甸人只在应该长的地方有一两丛柔滑的黑发，其他部位不会长毛，而且大部分缅甸人不长胡子。白种人似乎总是会秃顶，而缅甸人很少有人秃顶。虽然大体上，由于喝蒌叶汁的关系，缅甸人的牙齿不是很白，但基本上很完美，而白种人总是会有龋齿。白种人的身材大体上谈不上线条优美，一旦发福肥肉就凸了出来；蒙古人种有着优美的骨架，即使上了年纪也能保持几乎和年轻时一样的身材。必须承认的是，白种人会出一些在几年之内非常英俊的帅哥或貌美如花的女士，但大体上说，他们远远没有东方人长得清秀标致。但我觉得英国的"下等人"比缅甸"土著人"更令人生厌并不是因为这个。我仍然受到了孩提时所形成的阶级偏见的影响。在我刚满二十岁的时候，我曾经一度被配属到一个英军团。和所有二十岁的小青年一样，我很崇拜喜欢那些强壮开朗的年轻士兵，他们要比我们大上四五岁，胸前挂着参加过一战的荣誉勋章。然而，那些士兵也令我觉得有点讨厌，他们终究是"平民"，我无法接近他们。有几个炎热的早上连队沿着道路行军，我和一位低阶副官一起走在后面，前面那几百号人汗淋淋的身体冒出蒸汽，熏得我的胃里翻江倒海。而这，如你所见，是赤裸裸的歧视，因为年轻士兵的身体是最不令人反感的白种男性身躯了。他们很年轻，而且由于呼吸新鲜空气和参加军训，他们都很健康，而且严格的军规要求他们保持干净，但我就是没办法这么想。我一心想的就是，我在闻"下等人"的汗味，想到这一点我就觉得恶心。

直到后来，我才消除了自己的阶级歧视，或者说，部分程度上消除了阶级歧视。这条路很漫长曲折，花了我好几年的时间。促成我态度转变的契机其实与阶级问题没什么直接联系——几乎是扯不到一块儿的事情。

我在印度皇家警队呆了五年，到最后我对自己为之卖命的大英帝国充满了厌恶，但又不知道为什么会这样。在自由的英国你很难感受到这种情绪，你必须成为帝国主义的一分子，然后才会对其产生仇恨。从局外人的角度看，英国对印度的殖民统治似乎给印度带来了好处，而且很有必要——而事实的确如此。毫无疑问，法国在摩洛哥的殖民统治，以及荷兰人在波尼奥的殖民统治也是这样，因为所有的国家在治理外国人时都要比治理本国人时表现更好。但作为体制的一分子，你无法否认这是不公正的暴政，即使是最厚颜无耻的驻印度官员也知道这一事实。走在街上，看到一张张"土著人"的脸庞，这些官员会意识到自己是可怕的侵略者。大部分驻印度官员至少会间歇性地这么想，并不像英国人所想的那样，对他们的地位感到洋洋自得。即使是那些最意想不到的人，那些散发着杜松子酒味、在殖民政府占据高位的老恶棍，我也听到他们在说："是的，我们根本没有权利呆在这个该死的国度，但既然上帝把我们叫到这儿来，那就既来之则安之吧。"事实上，没有哪个现代人会在内心深处认为侵略一个国家，以武力统治该国的国民是一件正当的事情。外国人的压迫统治要比经济上的压迫统治更加邪恶，这一点毋庸置疑。因此，在英国，我们乖乖承认英国人受到了剥削，能让五十万毫无价值的懒人过着奢侈的生活，但如果中国人要来统治我们，我们一定会战斗到最后一兵一卒。同样的，那些毫无良知上的顾虑，靠着不是自己劳动所得的殖民红利生活的人清楚地知道违背殖民地人民的意愿实施殖民统治是不正当的事情。结果，每一个驻印度的英国官员都受到罪恶感的谴责，但他们竭尽所能将其隐藏起来，因为他们没有言论上的自由，如果他们煽动性的言论被偷听到的话，他们的政治生涯会受到严重影响。在印度的任何地方，许多英国官员对自己身为一分子的帝国体制心生不满，偶尔当他们和信得过的人在一起时，会将隐藏在内心的苦闷宣泄倾吐出来。我记得一天晚上我和一位从事教育的英国人同坐一趟火车，我不认识他，也没有去问他的名字。那天晚上热得睡不着觉，于是我们彻夜长谈。经过半小时谨慎的提问，我们俩都觉得对方很"安全"，接下来的几个小时，随着火车慢悠悠地在漆黑的夜色中行进，我们坐在卧铺位上，一边喝着啤酒一边痛骂大英帝国——以内部人士的角度机智而亲切地对大英帝国痛加斥责。我们俩都很开心，但我们的谈话内容都涉及了禁忌，在黯淡的晨光中火车抵达曼德勒，我们就此告别，就像偷情的奸夫淫妇一样感到羞愧。

根据我的观察，几乎所有的驻印度英国官员都会受到良心的责备，唯一的例外只有极少数人，他们在从事确实有帮助的事情，而这些事情无论英国是否继续统治印度都必须完成。这些人包括，比如说，护林员、医生和工程师。但我在警队工作，也就是说，我隶属于专制机器；而且，在警队工作你会近距离地看到大英帝国种种卑劣的勾当，而从事肮脏的勾当和只是从中得利之间的差异是很明显的。大多数人赞同死刑，但没有人愿意充当刽子手。即使是在缅甸的其他外国人也看不起英国警察，因为他们实在是劣迹斑斑。我记得有一次去巡视一间警察局，一位我熟识的美国传教士有事过来。和大部分非英国国教的传教士一样，他是个彻头彻尾的笨蛋，但为人还不错。我的一个土著下属正在殴打一个嫌犯（在《缅甸岁月》一书中我描写了这一幕）。那个美国人看到了，转过身认真地对我说道："我绝不会想干你这份工作。"这番话让我非常羞愧。这就是我所从事的工作！即使是一个像美国传教士这样的笨蛋，一个来自中西部地区滴酒不沾的处男，也有权利看不起我，同情我！但即使没有人对我说这番话，我也会觉得羞愧。我对那套所谓的维护公正的机制开始萌发了无以言状的厌恶感。平心而论，我们的刑法（顺便说一句，我们在印度的刑法比在国内的刑法要人道得多）糟糕透顶，只有麻木不仁的人才能执行。那些可怜的囚犯蹲坐在臭气熏天的牢笼里；他们的脸庞由于长期监禁而变得死气沉沉；他们的屁股因为被竹蔑鞭打而伤痕累累。当家里的男人被逮捕抓走时，妇女小孩痛苦地哀号着——当你要为这些事负起直接责任时，你完全无法忍受。我看过一个人被处以绞刑，在我看来这要比一千桩谋杀案更可怕。每次走进监狱我都会觉得（大部分去监狱的人都有同感）自己才是应该被关进铁栅栏的那个人。当时我认为——这个想法至今没有改变——即使是罪大恶极的罪犯也要比行刑的司法人员道德上更优越。当然，我必须将这些想法藏在心里，因为每个来到东方的英国人都得保持缄默。最后，我得出了一套无政府主义理论：所有的政府都是邪恶的；司法惩罚要比犯罪行为危害更大；如果你不去干涉他人，他们会是行为正当的良民。这套理论当然只是情绪化的扯淡。当时我没有明白过来，但现在明白了，保护良民免受暴力伤害总是有必要的。在任何社会阶段，只要犯罪有利可图，严刑峻法就势在必行。否则世界就将沦为艾尔·卡彭的天下[1]。但那些负责掌刑的人内心不可避免都会产生"惩罚是邪恶的"这样的念头。我猜想即使在英国本土，许多警察、法官、典狱官和从事类似工作的人都会对自己的职业打心眼里感到恐惧。但是，在缅甸我们所实施的是双重压迫。我们不仅绞死那里的人，将他们关入监狱，而且我们的身份是不受欢迎的外国侵略者。缅甸人从未出于真心承认我们的司法体制。被我们抓进监狱的盗贼不会认为自己是罪犯，被判刑是罪有应得，他反而觉得自己是受外国侵略者压迫的受害者，他所受到的对待是毫无正义可言的虐待。高墙坚壁的牢房里，结实的柚木栅栏后面，那张脸庞清楚无疑地表露了这一点。不幸的是，要我对带着这副表情的人类面孔熟视无睹，我做不到。

　　1927 年我放假回家，那时我已经在犹豫要不要放弃这份工作，而一闻到英国的空气，我下定了决心，我不会回去继续为那个邪恶的专制机器服务。但我希望的，并不只是放弃这份工作。过去五年来我一直是专制体制的爪牙，让我的良心觉得很愧疚。我的脑海中浮现出数不清的面孔——被告席上犯人的面孔、在死牢里等候处决的面孔、被我欺压的下属的面孔、那些我斥责过的老农的面孔、在我盛怒时被我拳打脚踢的仆人和苦力们的面孔（几乎每个英国人到了东方都会干出这些事情，即使只是偶尔为之，理由是东方人特别惹嫌）——在折磨着

---

[1] 艾尔·卡彭（Al Capone，1899—1947），美国意大利裔人，芝加哥黑手党的头目。

我，令我无法忍受。沉重的罪恶感压在我的心头，我必须为自己赎罪。我知道这听起来似乎有点夸张，但如果你在一份内心完全不认同的岗位上干了五年之久，或许你也会有同感。我将一切简化为一个简单的理论：受压迫者总是正义的，压迫者总是错误的。这个理论很荒谬，但这是身为压迫者所得出的自然的结论。我觉得自己不仅必须离开帝国体制，而且我无法忍受任何形式的人对人的统治。我想让自己和那些被压迫者在一起，成为他们的一员，站在他们的阵营反抗压迫者。另外，最主要是因为一切都是我自己琢磨出来的，所以我将自己对压迫的仇恨渲染到离奇的程度。那时候，我觉得失败才是唯一的美德，任何自我实现，即使只是一年挣上个几百英镑，在我看来都是精神上的污秽，是欺压别人的一种形式。

正是这样，我将思绪放在英国工人阶级上。生平以来我第一次真切地意识到英国工人阶级的存在。首先，他们和缅甸的土著人一样，是社会不公的受害者的象征。在缅甸问题其实很简单：白人高高在上，黑皮肤的人被压在底层，因此一个人只会同情那些黑皮肤的人。现在我意识到其实不用跑到缅甸那么远才能找到专制和剥削。就在英国，就在我的身边，那些受压迫的工人阶级正忍受着悲惨的命运，虽然形式不一样，但其程度和任何东方人所承受的苦难一样悲惨。"失业"这个词挂在每个人的嘴边，从缅甸回来，我觉得这个词有点陌生，但那些中产阶级人士仍唾沫横飞地说个不停（"那些失业的人都是干不了活的废物"诸如此类的话），这些话根本蒙骗不了我。我总是在想那些无耻谰言是不是连将其说出口的笨蛋们也蒙骗不了。另一方面，那时候我对社会主义或任何经济理论都不感兴趣。那时我觉得——直至现在我有时仍有同样的想法——只要我们希望的话，经济上的不平等立刻就会消失，而且，只要能达成目的，采取怎样的手段并不重要。

但我对工人阶级的状况一无所知。我了解失业率的数字，但我根本不知道失业意味着什么。最根本的是，我不知道我所尊敬的贫穷其实是最糟糕的事情。一个勤奋劳动的工人在辛苦了大半辈子后，突然间遭受灭顶之灾，被赶到街头，愤懑地与他无法理解的经济法则进行抗争，他的家庭分崩离析，他的内心满是羞耻——所有这一切我完全无法体会得到。那时贫穷在我的心目中只和冻馁联系在一起，因此我的脑海里立刻浮现出最悲惨的情况，想到那些游离于社会体制之外的边缘人：流浪汉、乞丐、罪犯、妓女等。这些人是"下等人中的最下等者"，我希望和这些人接触。当时我迫切地希望以某种方式摆脱上流社会。我想了很多，我甚至制订了详细的计划：怎么把东西变卖或送走，然后改名换姓，让自己身无分文，别无长物，只有一套身上穿的衣服。但在现实生活中，没有人会这么做。除了要考虑到亲人朋友之外，除非到了无路可走的地步，否则一个受过教育的人不会做出这样的事。但至少我可以和那些人生活在一起，了解他们的生活，让自己暂时融入他们的世界。只要我能和他们在一起，被他们接受，我将能了解社会底层的情况——这就是我的想法，哪怕在当时我也知道这想法很不理性——这样可以在部分程度上消除我的罪恶感。

我认真地想了又想，下定决心采取行动。我将乔装打扮，去利姆豪斯和怀特查佩尔那样的地方，在寄宿旅馆歇脚就寝，和码头工人、街头小贩、被遗弃的可怜人、乞丐——如果可能的话还有罪犯——进行交往。我将了解流浪汉们的生活，怎么和他们接触，混进收容所要经过哪些程序。接着，当我觉得一切准备就绪之后，我就上路了。

　　一开始的时候很不容易，因为我根本没有演戏的天赋，不擅长进行伪装。比方说，我不会掩饰自己的口音，连几分钟也做不到。我觉得——要知道，英国人的阶级观念根深蒂固——只要我一开口就会被认出是一名"绅士"，于是我准备好了一个悲惨的故事，万一有人问我时可以搪塞。我找到了合适的衣服，在合适的部位将它们弄脏。要给我化妆不是件容易的差事，因为我个子太高，但至少我知道流浪汉是什么样子的。（顺便提一句，很少人知道流浪汉到底什么样子！《潘趣》里刊登的任何流浪汉的图画都是二十年前的情形。）一天晚上，我在一位朋友家里做好了准备，出发向东走，来到利姆豪斯堤路上的一间寄宿旅馆。这个地方又黑又脏，我知道这里是寄宿旅馆，因为窗口挂着一块招牌，上面写着"单身汉床位"。老天爷啊，走进去之前我还得给自己打气壮胆！现在看起来这似乎很滑稽，但你要知道，我当时仍然对工人阶级心存畏惧。我希望和他们接触，我甚至希望成为他们的一员，但我仍然觉得他们就像危险的异星来客一样。走进那间寄宿旅馆黑漆漆的门道，我感觉就像踏入地底下某处阴森恐怖的地方——就像一条充斥着老鼠的阴沟。我以为肯定会和人干一架，人们会认出我不是他们的同类，然后一拥而上，将我撵出去——这就是我的想法。我知道自己在做必须做的事情，但心里实在是没有底气。

　　进门时一个穿短袖衣服的男人不知从哪里冒了出来。他是"经理"，我告诉他我想找个床位过夜。我发现听到我的口音时他并没有瞪我，只是要我交九个便士，然后带我走到一间肮脏的地下厨房，里面生了火。几个搬运工、建筑工人和水手坐在那儿，边喝茶边下跳棋。我进去的时候他们只是漫不经心地看了我一眼。那是星期六晚上，一个身材壮硕的年轻搬运工喝醉了，在厨房里蹒跚着走来走去。他转过身看到我，然后跟跟跄跄地朝我走来，伸着那张红通通的大脸，眼睛像鱼眼一样闪烁着危险的光芒。我全身紧绷。打架在所难免了！接着，那个搬运工栽倒在我怀里，双臂搂住我的脖子，流着眼泪叫嚷着，"呃杯茶，伙计！呃杯茶吧！"[①]

　　我喝了杯茶，感觉就像某种洗礼。接着，我的恐惧消失了。没有人问我问题，没有人看上去面带好奇或带有攻击性，每个人都很礼貌温和，完全接受了我。我在这间寄宿旅馆住了两三天，过了几个星期，对穷人的生活习惯有一定的了解后，我第一次踏上了旅途。

　　在《巴黎伦敦落魄记》一书中我对这些进行了描述（书中所提到的事情基本上都是真人真事，但讲述的次序进行了调整），在此我就不再重复了。后来我继续流浪了很长一段时间，有时是我出于自愿的，有时却是情非得已。我总共在平民寄宿旅馆里住了几个月，但印象最深刻的是第一天晚上的情形，因为那次经历非常新奇——终于，我和"下等人的最下等者"在一起了，与工人阶级完全平等。的确，流浪汉并不属于典型的工人阶级，但当你和流浪汉们在一起后，至少你进入了工人阶级的一个阶层，而据我所知，要了解工人阶级，你就必须这么做。我和一个爱尔兰流浪汉一起在伦敦北郊闲逛了几天。我成了他临时的伙伴，我们晚上在同一间陋室里睡觉，他

----

① 奥威尔用省去了 h 音的 "ave" 表示 "have"（吃喝之意），故译者用"呃"代替"喝"。

告诉我他的生平，我告诉他我的生平，却都是虚构的，我们轮流到觉得有希望的房子那里乞讨，平分要到的财物。我觉得很开心。我和"下等人的最下等者"混在一起，而且就在西方世界的大本营里！阶级间的藩篱被打破了，或似乎被打破了。在那个肮脏污秽、百无聊赖的流浪汉的天地里，我有一种被释放的感觉，一种冒险的感觉，如今回首那段岁月虽然觉得很荒唐，但那种感觉在当时是那么真切。

第十章

　　但不幸的是，和流浪汉交朋友，你还是不能解决阶级问题，这么做顶多让你消除自己的一些阶级偏见而已。

　　流浪汉、乞丐、罪犯和社会的边缘人都是非常另类的个体，大体上，他们并非典型的工人阶级，就像知识分子并非典型的资产阶级一样。你很容易和一个外国知识分子混得熟络，但要和一个外国的普通中产阶级人士混熟就很难。比方说，有多少英国人曾见过一个普通法国资产阶级家庭的家里是什么样子？或许这是不可能做到的事情，除非你成为法国家庭的上门女婿。英国工人阶级的情况也很类似。如果你知道一个扒手的出没地点，你很容易就和他成为知心好友，但要和一个砌砖匠成为知心好友就很困难。

　　但是，为什么和社会的边缘人平等相待是件容易的事情呢？人们经常对我说："你和那些流浪汉在一起的时候，他们肯定不会真心接纳你成为他们的一员，是吧？他们肯定会发现你和他们不一样——他们会注意到口音的区别，是吧？"诸如此类的话。事实上，有很大一部分流浪汉，准确地说不止四分之一，根本没有注意到任何区别。首先，许多人听不出口音的区别，只能完全通过着装对你作出判断。当我到别人家的后门乞讨时，有些人听出我的口音受过教育，看上去很惊讶；但有的人则根本没有注意。他们看到的就是我那一身肮脏邋遢衣衫褴褛的打扮。其次，流浪汉来自不列颠群岛的四面八方，英语口音的差别五花八门。一个流浪汉习惯了从同伴们那里听到各种各样的口音，有的口音如此奇怪，他几乎听不懂。譬如说，一个来自卡迪夫或杜汉或都柏林的流浪汉不一定知道哪一种英国南方口音是"受过教育"的口音。总之，带着"受过教育"口音的人在流浪汉中虽然很少，但并非闻所未闻。而即使流浪汉们知道你的出身和他们不一样，他们也不一定会转变态度。在他们看来，最重要的是，你和他们一样过着流浪生活。他们不会喋喋不休地问你问题。如果愿意的话，你可以告诉他们关于自己的生平，大多数流浪汉只要你一问就会倾吐心声，但没有人会强迫你讲述自己的故事，而无论你说什么，他们都会接受，不会追问下去。如果乔装打扮得好的话，即使是一位主教也可以和流浪汉们混得很熟，只要他们相信他真的赤贫如洗。只要你进入那个世界，看上去像是里面的一员，你的过去并不重要，即使他们知道你是一位主教也没关系。那里是另外一个小天地，每个人都是平等的，是肮脏的小圈子民主——或许是英国最民主的世界。

但当你和普通工人阶级接触时，情况就完全不一样了。首先，要和他们混在一起可没有捷径可走。只要你穿上合适的行头，跑到最近的收容所，你就成为流浪汉们的一员，但这么做无法让你成为苦力或矿工的一员，就算你干得了粗活，你也找不到苦力或矿工的活儿。通过社会主义政治活动你可以和工人阶级的知识分子接触，但和流浪汉和乞丐一样，他们很难称得上是典型的工人阶级。除此之外，你只能在一户工人的家里租房子住，和他们生活在一起，但这样做和住进贫民窟猎奇几乎没什么两样。我在矿工的家里住了几个月，和那家人一起吃饭，在厨房的水槽里洗衣服，和矿工们睡同一间房，和他们一起喝啤酒，一起玩飞镖，一起彻夜长谈。但尽管我和他们在一起，我知道他们不讨厌我，但我无法融入他们，而他们比我更清楚这一点。无论你对他们有多么大的好感，无论你觉得他们的对话多么有趣，那该死的阶级差别总是横亘在我们中间，就像格林童话里公主床垫下的那颗豌豆。而这与厌恶或意趣不合无关，只是出于阶级上的差别，但足以令真正的亲密接触变成不可能的事情。即使和那些自称是共产主义者的矿工们在一起，我发现我得非常注意讲话的技巧策略，才能让他们不要叫我"阁下"，而且除了格外高兴的时候，他们总是会别扭地纠正自己的北方腔，担心我听不懂他们说什么。我喜欢他们，打心眼里希望他们也喜欢我，但和他们在一起时我就像个老外一样，而我们双方都知道这一点。无论你朝哪个方向努力，那该死的阶级区别就像一堵石墙一样拦着你的去路。或者说，那不像一堵石墙，而像是水族馆的玻璃幕墙，你可以假装看不见，但你绝对无法穿过这层隔阂。

不幸的是，如今的风气在假装这堵玻璃幕墙是可以穿过的。当然，每个人都知道阶级偏见是存在的，但与此同时每个人都神奇地宣称自己没有阶级偏见。自大傲慢这一缺点我们在其他人身上看得格外分明，但在自己身上却熟视无睹。不仅是笃信宗教的社会主义者，每个知识分子都理所当然地认为自己独立于阶级的喧嚣之外，众人皆醉他独醒，能看透财富、地位、头衔等等的种种荒谬。有谁没有嘲笑过上议院、军阶等级、英国王室、公学、能去开枪打猎的人、在切尔斯特汉姆经营寄宿旅馆的老女人、一团糟的"乡绅"阶层和社会等级分化？嘲弄成了自发的姿态。在小说里你会发现这一点尤为明显。每个故作深沉的小说家都对书中的上流社会人物持嘲讽的态度。事实上，当小说家在描写一个上流社会的人物时——一位公爵、男爵或装腔作势的贵族时——他总是会出于本能或多或少对其进行嘲讽。造成这一现象的还有一个重要的辅助因素：现代上流阶级那贫乏的语言。受过教育的人，如今他们的言语是如此空洞，小说家对此实在是无能为力，而最简单的让小说变得有趣的方法就是戏仿嘲弄他们说话的腔调，假装每一个上流社会的人物都是毫无所长的笨蛋。这一招被小说家们竞相使用，到最后几乎变成了一种条件反射。

然而，尽管如此，每个人其实心里知道这些都是胡说八道。我们都在表面上反对阶级差异，但只有极少数人真心想要将其消除。在此，你将接触到一个重要的事实，那就是，任何革命思潮的一部分力量都来自于一个隐秘的信念，那就是，改变是不可能的。

如果你想了解关于这个事实的佐证，不妨研究一下约翰·高尔斯华绥的小说和戏剧，并留意其历史演变。高尔斯华绥是典型的战前人道主义者，性情腼腆，眼里总是噙着泪花。他有一种病态的悲天悯人的情怀，甚至认为每一个结婚的妇女都是与萨梯①锁在一起的天使。他总是义愤填膺，同情加班加点的小职员、酬劳微薄的农场雇工、堕落的女人、罪犯、妓女和动物。在他早期的作品中（《守财奴》、《论正义》等），世界上只有压迫者和被压迫者，压迫者像狰狞的石像高高盘踞在上，即使动用全世界的炸药也无法将其炸毁。但他真的希望将压迫者推翻吗？相反，在与巍然不动的暴政进行抗争时，他一早就知道任何抗争都只会徒劳无功。而当始料不及的事情发生时，

---

① 萨梯（satyr）是古希腊传说中好色的怪物，居住于森林中，羊头人身。

当他所熟悉的世界秩序开始分崩离析时，他的观感发生了改变。于是，虽然一开始时他以受压迫者的斗士的面目出现，反抗暴政与不公，但后来他却转而宣扬（参阅《银匙》）英国工人阶级只有像牲畜一样被赶到海外殖民地，才能摆脱经济上的窘境这样的言论。如果他能多活十年，他或许会接受较为温和的法西斯主义。这是多愁善感者们必然的命运。只要一遇到现实的风吹雨打，他的一切意见就会立刻转向反面。

　　所有"进步"理念都透着同样的沉闷、肤浅、伪善的思想倾向。以关于帝国主义的问题为例。固然，每个左翼知识分子都在反对帝国主义。和他道貌岸然不假思索地宣称自己独立于社会阶级之外一样，他自称独立于帝国之外。即使是那些根本不反对英国奉行帝国主义的右翼知识分子也会装模作样地与之保持距离。对大英帝国进行嘲讽是件很容易的事情，"白人的负担"、《大不列颠颂》、吉卜林的小说、那些讨厌的驻印度的英国人——只要一提起这些，每个人都会窃窃偷笑。哪个有教养的人这辈子没有至少一次取笑过那个曾经说过如果英国人离开印度，从白沙瓦到德里（或是别的什么地方）将不会剩下一个卢比或一个处女的印度老士官长呢？这就是典型的左翼人士对待帝国主义的态度，这是一种彻头彻尾的既孱弱又没骨气的态度。因为，归根结底，唯一重要的问题就是，你希望大英帝国江山永固，或是希望大英帝国分崩离析？每个英国人的内心深处都不希望大英帝国分崩离析，就连那些嘲讽驻印度英国军官的人也不例外。因为除去别的考量不说，我们在英国本土所享受的高水准的生活实仰赖于我们对帝国疆域，尤其是热带殖民地如印度和非洲的高压统治。在资本主义体制下，为了让英国本土的居民能生活得舒服一些，一亿印度人就得挣扎在饿死的边缘——堪称罪孽深重，但每次你坐出租车或点一盘奶油草莓的时候，你就默默地认可了现状。另一种情况就是任由大英帝国解体，只剩下英格兰这座寒冷边远的小岛，我们每个人都得非常努力地工作，以鲱鱼和土豆为食。没有哪个左翼人士愿意这种事情发生，但他们仍继续认为自己不应为帝国主义的所作所为负上道义的责任。他对大英帝国的产品来之不拒，却又嘲讽那些巩固帝国统治的人，借此拯救自己的灵魂。

到了这里，你会开始明白大部分人对待阶级问题的态度其实很虚幻。如果问题只是改善工人的情况，每个体面人都会同意。比方说，每个人，即使是精神病院的傻瓜或恶棍，都愿意看到矿工们的生活好一些。如果矿工可以舒舒服服地坐着四轮小车到采矿面而不用跪在地上爬过去，如果他干三个小时就可以轮休而不用一直干上七个半小时，如果他可以住进一栋像样的房子，有五间卧室和一间浴室，一周工资有十英镑——那就太好了！而且，任何有理智的人都清楚地知道这是可能实现的事情。我们这个世界不差钱，只要经济能充分发展，我们每个人都可以像王子或公主一样生活，假如我们希望的话。而这个问题的社会性那一面粗略地看也非常简单。从某种意义上说，的确，几乎每个人都希望消除阶级差别。显然，当前在英国我们所遭遇的这种人与人之间持续不断的紧张情绪令人非常痛苦。因此就有了以为只要像童子军的导师那样发出几句善意的干嚎就能将阶级差别消灭的想法。不要称呼我为"阁下"，你们这些家伙！我们不都是人吗？让我们作朋友吧，让我们并肩围成一个圆圈，铭记我们都是平等的人。就算我知道应该佩戴什么样的领带而你不懂；就算我喝汤时很斯文不发出声音，你喝汤时就像倒污水进阴沟，那又有什么大不了的？还有其他种种类似的论调，这些都是极其有害的一派胡言，但在表达得当的情况下很有吸引力。

不幸的是，消除阶级差别只是你在心里念叨一阵的念头。更确切地说，你认为消除阶级差别很有必要，但除非你能知道消除阶级差别意味着什么，否则你只会是在空想。你必须面对一件事，那就是，消除阶级差别意味着消灭你自己的一部分。我是一个典型的中产阶级人士，宣扬消除阶级差别是很容易的一件事情，但我所想所做的几乎每件事情都是阶级差别影响的结果。所有我的念头——善良或邪恶的念头、愉悦或讨厌的念头、有趣或严肃的念头、丑陋或美好的念头——本质上都是中产阶级的念头。我对书籍、事物和衣服的品味、我的幽默感、我的餐桌礼仪、我的谈吐、我的口音甚至我肢体的动作，都是处于社会等级的中间阶层的中产阶级教养的产物。当我明白了这一点，我意识到和一个无产阶级者勾肩搭背，告诉他其实他和我一样都是好人，这些做法都没有用。如果我希望和他有真正的接触，我必须做出一番努力，而我根本还没有做好准备。因为要走出阶级的小天地，我不仅要压下那种自命不凡的姿态，而且还得消除我对事物的品位和偏见。我得完全改造自己，而最终我将可能变成完全两样的人。我要做的不只是改善工人阶级的条件，也不只是避免那些愚蠢的、种种方式的势利，而是完全放弃上流阶级和中产阶级对生活的态度。至于我的答案是"愿意"还是"不愿意"，或许将取决于我对自身的责任有怎样程度的理解。

然而，许多人认为他们无须别扭地改变自身的习惯或"意识形态"，就可以消除阶级差别，因此，我们看到，在社会的方方面面正在进行试图消除阶级隔阂的活动。到处都有怀着良好愿望的人士真心相信自己正在为消除阶级差别尽一份心力。中产阶级社会主义者热情地奔向无产者,举办"夏季学校",让无产者和忏悔的资产阶级人士一起相互拥抱,并从此成为兄弟姐妹。资产阶级人士离开学校,喋喋不休地诉说这次经历是多么振奋人心(而无产者离开的时候所说的话却是另一番内容)。然后在郊区出现了那些伪君子,是自威廉·莫里斯①时代遗留下来的,至今依然非常普遍,他们到处在说:"为什么我们要降低自身的层次?为什么我们不提升他们的层次?"他们在倡导提升工人阶级的"层次"(提升到他们自己的水平),方式就是提供卫生、果汁、计划生育用品、诗集等等。连约克公爵(现在是英王乔治六世)也会每年举办活动,让公学的孩子们和贫民窟的孩子们一起参加,待遇完全平等,而在活动举行的时候,他们也的确"和平共处",就像那种"快乐大家庭"的动物展览一样,一只狗、一只猫、两只雪貂、一只兔子和三只金丝雀被关在一个大笼子里,彼此间戒备森严但没有大打出手,因为展览者正盯着它们。

我觉得所有这些刻意为之的打破阶级隔阂的活动都错得很离谱。有的活动根本徒劳无功,而就算有的活动收到了效果,那也只会是加深阶级之间的偏见。如果你能好好考虑一下的话,就会知道这是意料之中的事情。你是在揠苗助长,在阶级之间营造出一种生硬而令人不快的平等氛围,结果,摩擦将原本隐藏在内心深处,或许永远不会显露的种种情感全都暴露出来。正如我对高尔斯华绥的阐述,只要一遭到现实的打击,感

---

① 威廉·莫里斯(William Morris, 1834—1896),英国社会主义者、小说家、艺术家,代表作有《世俗的天堂》、《乌托邦的消息》等。

伤主义者的想法就会立刻发生一百八十度的转变。把那些和平主义者的画皮揭掉，你会发现他们其实是沙文主义者。那些中产阶级的独立工党党员和留着胡须、只喝果汁的人都赞同一个没有阶级的社会，前提是他们继续倒拿着望远镜观察无产阶级。只要让他们和无产阶级发生真正的接触——比方说，让他们在星期六晚上和喝醉酒的搬鱼工人干一架——他们就会立刻缩回去，露出所有中产阶级人士那股自负傲慢的姿态。然而，大部分中产阶级的社会主义者是不会和喝醉酒的搬鱼工人打架的。他们只和工人阶级的知识分子有真正的接触，但工人阶级的知识分子可以分为两种人。前一种人仍然是工人——他们坚持工作，当机修工、码头工人或做别的工作，他们没有改变工人阶级说话的方式和习惯，而是在闲暇时间"提升自己的头脑"，为独立工党或共产党服务；还有一种人，他们改变了自己的生活方式，至少表面上看是这样，他们通过考取国家奖学金的方式成功挤进了中产阶级的行列。前一种人是最高贵的人，我曾经遇到过几个这样的人，就连最古板保守的保守党人也喜欢他们，钦佩他们；而后一种人，除了少数例外——例如，戴维·赫伯特·劳伦斯——都不那么讨人喜欢。

首先我要说的是，尽管这是奖学金制度所引发的必然结果，但无产者得通过成为识文断字的知识分子才能挤进中产阶级这种现象令人很遗憾。因为，如果你是一个体面人的话，要跻身知识分子的圈子并不是一件容易的事情。现代英语文学，至少在高端文学层面，已经变成了乌烟瘴气之地，只有杂草才能生存。除非你是一个确实很受欢迎的作家，你才有可能自得于自己的文字世界，保持你的尊严——例如，一位侦探小说家。但要从事高端文学创作，在那些傲慢自大的杂志里立足，意味着你得屈从于幕后操纵和台面下的交易。在那个夸夸其谈的世界里你得会"来事",而"来事"不是说得文章写得特别好,而是能在鸡尾酒会上混得开,能冲那些歹毒矮小的大人物溜须拍马。这就是朝那些希望向上爬以摆脱自身阶级地位的无产者敞开大门的那个世界。他们出身于工人家庭,天资聪颖,能获得奖学金,却不适合一辈子干体力活。他们还有别的途径往上爬——比方说,参与工党的政治圈子——但通过读书改变命运是最普遍的情况。伦敦的文艺界如今多得是那些出身无产阶级的年轻人,靠着奖学金完成了学业。他们中的很多人很不讨人喜欢,是无产阶级的另类人物。最不幸的是,当一个出身资产阶级的人与一个出身无产阶级的人终于面对面平等地交往时,他遇见的往往都是这类人。这位资产阶级人士原本对无产者怀着美好的幻想,因为他对他们根本一无所知,结果又变得势利自负。观看这个过程是一件挺有趣的事情,如果你以局外人的角度进行观察的话。那个可怜的资产阶级人士怀着善意想拥抱他的无产阶级弟兄,张开双臂快步走向前,但才过了一会儿就畏缩了,被借走了五英镑,悲切地叫嚷道:"真是可恶,那家伙根本不是一位绅士!"

让资产阶级在这样的接触中感到不安的是,他发现自己口头宣称的某些观点被人当真了。我曾经指出,普通"知识分子"的左倾观念基本上都是虚假的。他只是出于跟风而去嘲笑那些实际上自己抱以信仰的事情。这种例子不胜枚举。以公学的荣誉准则为例,他们讲究"团队精神"和"勿打落水狗",还有种种其他人们熟悉的夸夸其谈。谁没有嘲笑过这些教条?哪个自认为是"知识分子"的人不敢对这些教条加以嘲讽?但当你遇到一个人以局外人的角度对其进行嘲笑时,你会有不同的感受，就像我们一辈子都在嘲笑英国，但当一个老外说出同样的话时却会觉得非常愤慨一样。对公学嘲笑最厉害的人当数《每日快报》的比奇康莫[①]。他有理由嘲笑那些滑稽的清规戒律：在那套体系中，最严重的罪行居然是在打扑克时出老千。但如果比奇康莫自己的一个朋友在打扑克时被逮到出老千，他会觉得开心吗？我猜想只有当你与来自另一个完全不同的文化的个体进行交往时，你才会开始意识到自己的信仰到底是什么。如果你是一个资产阶级的"知识分子"，你很容易就以为自己已经变得不像一个资产阶级分子了，因为你觉得嘲笑爱国主义、英国国教、旧式的校服领带、毕灵普上校和其它东西是很容易的事情。但在出身于资产阶级文化之外的无产阶级"知识分子"的眼里，你和毕灵普上校的相似之处要远远大于不同之处。在他的眼中，你和毕灵普上校其实都是一路货色，而在某种程度上，他是正确的，尽管你和毕灵普上校都不会承认这一点。因此，当无产阶级和资产阶级相遇时，情况并不会像兄弟之间久别重逢，而会是两种文化的碰撞与矛盾，结果只会挑起纷争。

我是站在资产阶级的角度看待这一切的，在这个过程中，资产阶级人士内心的信念受到了冲击，他们退回到了出于恐惧的保守状态。但你还必须考虑到无产阶级"知识分子"心中燃起的敌意。这些知识分子靠着自己的努力几经辛苦才摆脱了自己的阶级，进入资产阶级的世界，本来希望能获得更大程度的自由和更完善的精神成就，但他们却发现资产阶级的世界只有

[①] 比奇康莫(Beachcomber)，1919 年至 1975 年《每日快报》的专栏《顺便说一句》集体创作者的笔名。

空虚和死寂，没有丝毫温馨的人类情感——没有任何真正的生活。在他们眼中，资产阶级只是挣钱的傀儡，血管里流的是冰冷的水而不是热血。他说的就是这些，几乎每个出身无产阶级的年轻知识分子都会围绕着这个主题说个没完。因此就有了如今我们深受其害的"无产阶级"套话。每个人都知道，或许应该知道，那些话是怎么说的。资产阶级都是"死气沉沉"的人（"死气沉沉"这个词如今被用滥了，它非常好用，因为它毫无意义），资产阶级的文化已经分崩离析，资产阶级的价值观很可耻，等等等等。如果你想要看一些例子，你可以去看任何一期的《左翼评论》或任何年轻一代的共产主义者像亚历克斯·布朗、菲利普·亨德森①等人所写的文章，虽然这些文章是否真诚值得怀疑。但戴维·赫伯特·劳伦斯不管过去种种如何，他是个诚恳的人，一而再再而三地表达了同样的理念。有趣的是，他喋喋不休地表示英国资产阶级都是"死气沉沉"的人，或至少是性无能。梅乐思，《查泰莱夫人的情人》一书中的猎场看守人（实际上是劳伦斯本人），摆脱了自己的阶级，他并不想回去，因为英国工人阶级有很多"难以忍受的习惯"。而他所接触的资产阶级人士在他看来都是半死不活的人，一群阉人或太监。在象征手法上，查泰莱夫人的丈夫就是一个性无能。在书中，年轻的男主角（再次强调，他就是劳伦斯本人）"爬上了枝头的顶端"，但退了下来，念叨着一首短诗：

"噢，你得扮成一只猴子，

如果你要爬上枝头！

---

① 亚历克斯·布朗（Alex Brown）和菲利普·亨德森（Philip Henderson）情况不详。

你已经对大地一无所用，

也不再是以前那个小伙子，

如今你坐在枝头，

颐指气使，喋喋不休。

他们都在喋喋不休，高谈阔论，

他们所说的每一个字，

根本不是出自肺腑，小伙子，

那些都是他们在半路上编的……

让我告诉你在他们身上所发生的事情，

在上面那群母鸡里，

没有一只公鸡……"

这是最直白的描写，或许，劳伦斯所描写的"爬上枝头"的那些人指的是真正的资产阶级人士，那些每年挣 2 000 英镑以上的人，但关于这一点我表示怀疑。或许他所指的是置身于资产阶级文化的每个人——那些人从小养成了装腔作势的语调，家里有一两个仆人。到了这里你应该意识到"无产阶级"套话的危险——我是说，意识到它将会激起的可怕敌意。当你遇到这样的斥责时，你就像面对一堵空白的墙壁。劳伦斯对我说，因为我上过公学，因此我是个阉人。我该怎么办？我可以出示医生的诊断书证明我不是阉人，但那又能怎样？劳伦斯的斥责仍历历在耳。如果你骂我是个混蛋，我会改正自己的错误，但如果你骂我是个阉人，你是在挑衅我不择手段地进行反击。如果你想要让一个人成为你的敌人，你只需要对他说他已经无可救药就行了。

这就是大多数场合下无产阶级与资产阶级碰面的结果。他们种下深深的敌意，而那些"无产阶级"套话使得敌意更加严重，而这就是强迫两个阶级进行接触的结果。唯一合理的做法应该是徐而图之，而不是揠苗助长。如果你在内心认为自己是一位绅士，身份要比蔬果店的跑腿小弟高一些的话，坦率地说出内心的想法要比说谎掩饰来得好一些。最终，你必须克服内心的傲慢与自负，但在真正克服了内心的傲慢与自负之前，任何伪装都会带来可怕的后果。

　　与此同时，到处你都可以看到一个屡见不鲜的现象：一个中产阶级人士二十五岁的时候是个热情洋溢的社会主义者，而到了三十五岁就成了目空一切的保守主义者。他的转变是再自然不过的事情——而你知道为什么会出现这种转变。或许，一个没有阶级的社会并不是一个幸福美好的国度，在那个世界里我们仍将像以前一样生活，只是没有了阶级仇恨和势利自大。或许，那将会是一个荒凉惨淡的世界，所有我们的理想、规范和品味——事实上，是我们的"意识形态"——将不再有任何意义。或许，这场打破阶级的革命并不像表面上那么简单！相反，它就像在黑暗中误打误撞，最后遇到的是一头露出狰狞微笑的老虎。我们怀着爱心，带着纡尊降贵的微笑去问候我们的无产阶级兄弟，但是，看哪！我们的无产阶级兄弟——我们对他们根本缺乏了解——并不需要我们的问候，他们希望我们去死。当资产阶级了解到这一点时，他们就会逃走，而如果速度够快的话，他们或许会变成法西斯主义者。

第十一章

那么，应该怎么看待社会主义呢？

无须赘言，当前我们的情况非常糟糕，糟糕到连最愚笨的人都很难毫无察觉。我们生活在这样一个世界：没有人拥有自由，没有人觉得安全，当老实人几乎没有活路。对于绝大多数的工人阶级而言，他们的生活在前面的章节中我已经进行了描述，而这些情况想要有本质上的改变几乎是不可能的事情。英国工人阶级只能寄希望于某些行业能暂时景气一些，比方说，军备调整让失业的规模暂时减少一些。即使是中产阶级，历史上头一回，也感到了压力。他们还不用忍饥挨饿，但越来越多人发现自己似乎在挫折失意的罗网中拼命挣扎，发现自己是那么不开心、不积极，而且那么没用。即使是那些社会顶层的幸运儿，那些真正的资产阶级人士，也会时不时为社会底层那些人所遭受的苦难感到担忧，更对前途的凶险感到恐惧。而对于一个掠夺世界财富达百年之久的仍然富足的国家来说，这只是最初的阶段。很快就会有连上帝都无法预料的恐怖事件发生——在这个受到上帝庇佑的国度，我们根本没有应对的经验。

与此同时，每个人只要愿意思考都知道社会主义作为一个世界体系，假如能真正实现的话，将能提供一条出路。至少，它可以让每个人吃上饱饭，即使它将我们的其它一切剥夺殆尽。事实上，从某种意义上说，社会主义是如此基本的常识，我有时候会觉得很惊讶，为什么社会主义怎么还没有实现。这个世界就像一叶扁舟，行驶在能为每个人提供充足物资的国度。我们互相合作，每个人尽其所能干活，并获得应得的回报这个理念似乎是如此天经地义，人人都应该接受这个制度，除非他怀有私心杂念，希望现行的制度继续存在下去。但是，我们必须面对现实，那就是，社会主义尚未建成。社会主义事业不但没有前进，反而在明显地倒退。当前几乎所有的地方，社会主义在法西斯主义的进攻面前节节败退，事态恶化的速度非常迅猛。在我撰写这本书的时候，西班牙的法西斯势力已经对马德里展开狂轰滥炸，很有可能，在本书付梓之前西班牙将成为另一个法西斯国家，法西斯将控制整个地中海领域，英国的外交政策将完全受制于墨索里尼。不过，我并不想在此探讨更加宽泛的政治问题。我所关心的，是社会主义原本应该高歌猛进，但事实上却在节节败退。社会主义拥有如此优厚的条件——因为每个饥肠辘辘的人都会支持社会主义——但比起十年前，社会主义不再那么深入人心。如今稍微有点思想的人不仅不是社会主义者，而且在积极地反对社会主义。这一定是因为宣传方式的不当。这意味着展现在我们面前的社会主义实在是令人厌恶，将原本应该热烈拥护社会主义的人给赶跑了。

　　几年前，这个问题或许并不重要。似乎就在昨天，社会主义者，尤其是正统的马克思主义者，还带着优越感的微笑告诉我社会主义即将自发实现，这个过程虽然神秘，却是"历史的必然"。或许，他们还抱着这个信念，但至少已经受到了冲击。因此，在不少国家，共产主义者突然间开始与几年前他们还在破坏抵制的民主力量展开合作。在这个时候我们迫切需要了解为什么社会主义失去了吸引力。将这种抵制情绪斥之为愚昧无知或腐朽的意识形态根本无济于事。如果你希望人们不再讨厌社会主义，你必须明白个中的原因，而这意味着理解反对社会主义的人都在想些什么，或至少带着理解的心态看待他们的观点。除非我们能公平地倾听他们的心声，否则我们将无法做出有效的回应。因此，虽然这很自相矛盾，但为了捍卫社会主义，我们必须首先对其进行攻讦。

在前面三个章节里，我试图分析我们这个时代不合时宜的阶级体制所引发的困境。我将再次谈到这个问题，因为我相信当前对于阶级问题愚蠢无比的处理把许多潜在的社会主义者变成法西斯主义者。在接下来的一章我将探讨社会主义某些内在的理念让思想敏锐的人疏远了社会主义。但在这一章，我将只探讨一些粗浅的反对意见——当你追问那些不是社会主义者的人这个问题时（我不是指"钱从哪里来"这类问题），他们经常会陈述的内容。有的反对意见很肤浅，甚至自相矛盾，但这些并不重要。我只是在表述问题的症状，指出任何有助于澄清为什么社会主义没有被人所接受的情况。请记住，我在为社会主义辩护，而不是反对社会主义。但现在我将扮演魔鬼代言人的角色，我将阐明为什么会有人赞同社会主义的宗旨，认识到社会主义将带来福祉，但在现实中只要提起社会主义就会敬而远之。

对这类人提出问题，你总会听到这类很肤浅的回答："我并不反对社会主义，但我反对的是社会主义者。"这是一个逻辑上非常蹩脚的争辩，但很多人都是这么想的。和基督教一样，社会主义的拥戴者对其宣传起到了最糟糕的反作用。

令任何局外旁观者最惊诧不已的事情是，社会主义这一理论完全只局限于中产阶级。典型的社会主义者不是胆小的老太太们所想象的面目狰狞的工人，穿着油腻腻的工装服，说起话来哑声哑气。他要么是一个年轻气盛的布尔什维克，五年后就会和一个富家小姐结婚，并成为虔诚的罗马天主教徒；更常见的是，他是一个拘谨呆板的白领小职员，私下里是个禁酒主义者，而且有素食主义的倾向，曾经是非英国国教的信徒。而最重要的是，他根本无意放弃自己的社会地位。在各个地方的社会主义者集会里，后面一种人非常普遍，或许他们是从旧的自由党那儿成群结队过来的。除此之外，只要社会主义者聚集在一起，就会有各种各样的怪胎奇人充斥其间——真的让人心里觉得不痛快。有人会误以为只要提起"社会主义"和"共产主义"这两个词，一股魔力就会将每个喝果汁的人、天体主义者、趿着拖鞋的人、性欲狂、贵格会①信徒、提倡"自然疗法"的庸医、和平主义者和女权主义者召集起来。这个夏天有一次我乘巴士经过莱奇沃斯，车停了下来，两个样貌恐怖的老头上了车。他们俩看上去都六十来岁，个头都很矮，肤色通红，身材肥胖，没有戴帽子。其中一个是秃子，另一个长着浓密的灰发，剪了和劳合·乔治②一样的发型。两人都穿着淡绿色的衬衣，穿着卡其布短裤，肥肥大大的臀部被紧紧地裹住，似乎连每个浅浅的凹坑都清晰可见。看到他们两人，巴士里立刻起了一阵喧闹。坐在我身边的大概是位旅行推销员，他看了

---

① 贵格会(Quaker)：基督教新教的一个派别，起源于17世纪的英国。
② 大卫·劳合·乔治(David Lloyd George，1863—1945)，英国自由党政治家，1908年至1915年曾任英国首相。

看我，又看了看那两个老头，然后又看了看我，嘟囔了一句，"社会主义者"，就像在说，"印地安红番"。或许他是对的——独立工党正在莱奇沃斯举行夏季课程。但问题的关键是，对于一个普通人来说，奇装异服的人就是社会主义者，而社会主义者就是奇装异服的人。他或许觉得，每个社会主义者都肯定有一些性情古怪之处。就连社会主义者自己似乎也是这么认为的。举例来说，我这里有一份另一个夏季学校的计划书，里面列举了每个星期的课程，然后让我回答："我希望吃普通饮食还是素食"。你了解到，他们认为有必要问这个问题，这是天经地义的事情。这种事情本身已经疏远了很多正统的人士。他们的本能反应其实很自然，因为一个奇怪的素食主义者居然愿意戒绝人类社会的饮食，为的就是让他那副臭皮囊延续五年的寿命，这种人已经偏离了普遍的人性。

除此之外你还得补充一件丑陋的事实：大多数中产阶级的社会主义者虽然理论上向往的是没有阶级之分的社会，但他们仍留恋着自己那可怜巴巴风雨飘摇的一点社会地位和尊严。我记得第一次参加伦敦独立工党支部会议时那种可怕的感觉。（在北方可能情况会好一些，那里没有那么多小资产阶级分子。）我就纳闷了，这些卑劣的小人物难道就是工人阶级的代表吗？与会的每一个人，无论男女，都带着中产阶级自负傲慢盛气凌人的优越感。如果一位真正的工人，比方说，一位从矿坑里上来脏兮兮的矿工，突然走进他们中间，或许他们会觉得尴尬、气愤与厌恶。我猜想他们有的人或许会掩着鼻子一走了之。在宣扬社会主义的文学作品中你可以看到同样的倾向，即使它们并没有公开地表示轻蔑，但内容总是脱离工人阶级的说话习惯和思维方式。科尔夫妇①、韦伯夫妇②、斯特拉奇兄弟③等人都不是真正的无产阶级作家。现在到底无产阶级文学还存不存在都成了问题——连《工人日报》都变成了标准的南方英语——找一个好点的音乐厅喜剧演员来写都要比我所能想到的社会主义作家要写得好一些。至于共产主义者们所使用的词汇，它们根本脱离了现实生活，就像数学课本里面的语言文字一样。我记得听过一位共产主义革命家对工人阶级的演讲，内容统统都是书本里的东西，每个句子都那么冗长，括号一个接一个，什么"尽管如此"、"虽然这样"，还有那些陈词滥调，像"意识形态"、"阶级意识"、"无产阶级的巩固与团结"，诸如此类。演讲结束后，一个兰开夏的工人起身用他们自己的行话对听众发言。这两个演讲者哪个更贴近听众？答案不言自明，但我猜想那位兰开夏工人当时并不是正统的共产主义者。

我们必须记住，一个工人，只要他还是个真正的工人，他对社会主义很难或根本不可能形成非常完整而合乎逻辑并且一以贯之的理解。他很可能会投票给工党，如果有机会的话，他甚至可能会投票给共产党，但他对社会主义的理解与那些高高

① 乔治·道格拉斯·霍华德·科尔（George Douglas Howard Cole，1889—1959）及其妻子玛格丽特·科尔（Margaret Cole，1893—1980）。乔治·科尔是自由派社会主义者，费边社的成员，支持"社会合作化运动"。
② 西德尼·詹姆斯·韦伯（Sidney James Webb，1859—1947）及其妻子碧翠丝·韦伯（Beatrice Webb，1858—1943）。西德尼·韦伯是费边社的早期成员和重要影响者，此外，他还是工党领袖和伦敦经济学院的创办人之一。
③ 约翰·圣洛伊·斯特拉奇（John St Loe Strachey，1860—1927）及其兄弟爱德华·斯特拉奇（Edward Strachey，1858—1936）与亨利·斯特拉奇（Henry Strachey，1863—1940）。约翰·斯特拉奇是十九世纪末二十世纪初活跃于英国报坛的记者，后担任《看客》（The Spectator）的编辑。

在上、纸上谈兵的社会主义者会很不一样。对于普通的工人来说，比方说，你在周六晚上一间小酒吧里看到的那些人，社会主义无非就是工资高一些，工作时间短一些，没有监工对你呼呼喝喝。对于那些更倾向于革命的人来说，那些饥肠辘辘，又被雇主列入黑名单的人，社会主义就像是一个反抗压迫的口号，在将来以暴力进行对抗的模糊的威胁。但根据我的经验，没有一个真正的工人能理解社会主义更深层次的含义。但在我的心目中，他仍是社会主义者，比传统的马克思主义者更真诚，因为他还记得社会主义意味着正义与体面，而后者可能已经忘记了这一点。但他并没有想到，社会主义并非仅仅局限于经济上的公平，还要对我们的文明和他的生活方式进行大规模的改革。他对社会主义未来的憧憬，充其量是以当前社会为原型，只是消除了最严重的社会问题，他所关心的重点还是现在他所关心的问题——家庭生活、酒馆、足球和地区政治。至于马克思主义哲学层面上的意义，那是拿三个神秘的实体——正题、反题、合题玩杯里藏豆的把戏。我从未发现一个工人会对这些产生兴趣。的确，有许多学究型的社会主义者出身于工人阶级，但他们已经不再是工人阶级的一分子。他们没有从事体力劳动，他们属于在上一章中我所描述的两种人：一种是通过成为文坛知识分子而挤进中产阶级的人，一种是成为工党议员或高高在上的工会领导。后一种人是世界上最不受待见的人。他被选出来是要为自己的工友抗争的，而对他来说，这却成了一份"优差"，让他有机会为自己谋私利。而且不仅如此，在与资产阶级的斗争中，他本身变成了一个资产阶级分子。与此同时，他仍有可能是一个正统的马克思主义者。但我从未遇见过一个矿工、一个钢铁工人、一个棉纺工人、一个码头工人、一个挖土工人或别的什么人有正确的"意识形态"。

共产主义和罗马天主教有一点很相似，那就是只有"受过教育"的人才是纯粹的正统派。英国罗马天主教徒——我不是指真正的天主教徒，而是那些后来才皈依的人：罗纳德·诺克斯①、阿诺德·伦恩②之流——最突出的特点是他们高度的自我意识。他们所想所写的事情，除了自己是罗马天主教徒之外，再也容不下其他事情。这件事和它所引发的自我赞美构成了天主教作家的全部创作内容。但这些人真正有趣的地方是，他们将所谓的"正统性"推及到生活的细小方面。即使是你喝的东西也有"正统"与"异端"之分。因此就有了切斯特顿、比奇康莫等人反对喝茶而提倡喝啤酒的活动。根据切斯特顿所说，喝茶是"异端的行为"，而喝啤酒才是"基督教徒的所为"，而咖啡是"清教徒的鸦片"。对这个理论而言，不幸的是，天主教徒恰恰是"禁酒运动"的积极参与者，而全世界喝茶最凶的人就是那些信奉天主教的爱尔兰人。但我感兴趣的是这种连食物和饮品都要较真的毫不宽容的宗教态度。一个信奉天主教的工人绝对不会这般固执。他不会每天都想着自己是一个罗马天主教徒，他不会特别在意自己与周围非天主教徒的邻居有什么不同。你对一个利物浦贫民窟的爱尔兰码头工人说他那杯茶是"异端的事物"，他会骂你是个笨蛋。即使是在更加严肃的事情上他也不会总是想到他的信仰所包含的

① 罗纳德·阿布斯诺特·诺克斯（Ronald Arbuthnott Knox，1888—1957），英国神学家，曾是英国圣公会牧师，后改宗罗马天主教，曾将拉丁文《圣经》重译为英文《圣经》。
② 阿诺德·亨利·莫尔·伦恩（Arnold Henry Moore Lunn，1888—1974），英国登山家和作家，曾对天主教的教义提出批评，后皈依天主教，并撰书为其辩护。

意义。在兰开夏的罗马天主教家庭里，你看到墙上挂着耶稣受难像，桌上摆着《工人日报》。只有那些"受过教育"的人，特别是有点文墨的人，才是冥顽不灵的偏执狂。而共产主义的情况也不遑多让。在一个真正的无产者身上找不到这样的信条。

然而，即使那些饱读诗书的理论型社会主义者本身不是工人阶级的一分子，但至少他怀着对工人阶级的热爱。他一直在努力摆脱自己的资产阶级出身，与无产者并肩战斗——而这显然是他奋斗的动机。

但真的是这样吗？有时，我看着一个社会主义者——那种书生类型的社会主义者，穿着套头毛衣，留着一头蓬乱的头发，把马克思主义挂在嘴边——我会猜想他的动机究竟是什么。我很难相信那是出于对全人类，特别是对工人阶级的热爱；在所有人当中，他是脱离工人阶级最远的。我觉得，许多社会主义者内心真正的动机只是过度膨胀的秩序感。当前的种种现实令他们不满，不是因为许多人在受苦，更不是因为许多人被剥夺了自由，而是因为他们觉得社会不是那么齐整有序。他们希望将整个世界改造成像棋盘一样秩序井然。肖伯纳一生都是社会主义者，他写了很多戏剧，这些戏剧到底展现了多少他对工人阶级的理解和关怀？肖伯纳本人曾说过，在舞台上工人只是"引起怜悯同情的道具"。事实上，他做得更加过分，只是将他们描写成类似威廉·魏马克·雅各布斯①笔下的滑稽角色——现成的、可笑的伦敦东区人，就像在《芭芭拉上校》

---

① 威廉·魏马克·雅各布斯(William Wymark Jacobs，1863—1943)，英国幽默小说家，代表作有《猴子的爪子》、《被流放的人》等。

和《布拉斯邦德上尉的皈依》中所展现的那样。他就像《潘趣》那样冷笑着看着工人阶级，而在更严肃的时刻（比方说，《啼笑姻缘》这出戏里那个象征失去产业的无产阶级的年轻人），他觉得工人阶级都是可恶讨厌的人物。贫穷，以及由于贫穷而产生的思维习惯，应该由上至下彻底禁止，必要的时候可以动用武力，或许甚至应该动用武力。因此，他崇拜的是"伟人"，欣赏共产主义和法西斯的"独裁者"。显然，在他看来（参见他关于意大利——阿比西尼亚战争及对斯大林与威尔斯谈话的评论），斯大林和墨索里尼都是差不多的人。在西德尼·韦伯夫人的自传中，你看到同样的事情，只是形式更加拐弯抹角，在不经意间揭示出一个傲慢的社会主义贫民窟探访者最为真实的面目。事实上，对于许多自称是社会主义者的人而言，革命并不是群众自发结社组织的行动，革命意味着一系列的改革，而"我们"这些人，这些比较聪明的人，将对那些"低下的人"发号施令。另一方面，我们不能把这些知书识礼的社会主义者看成是冷血动物，完全没有感情。虽然他们很少展现出对受压迫群众的关爱，他们却将对剥削者的仇恨——那种古怪的、停留于理论上的无来由的仇恨——展现得淋漓尽致。于是就有了那套古老而盛大的社会主义者对资产阶级进行谴责的运动。我觉得很奇怪，为什么几乎每个社会主义作家都能狠狠地鞭笞自己，激起极度的愤怒，痛斥他所出身或拼命挤进去的阶级。有时候，对资产阶级的习性和意识形态的仇恨是如此影响深远，就连书本中出身资产阶级的人物也未能幸免。根据亨利·巴比塞[①]所说，

---

① 亨利·巴比塞（Henri Barbusse，1873—1935），法国作家，法国共产党员，代表作有《炼狱》、《烈火中》等。

普鲁斯特①、纪德②等人小说中的人物是"你非常希望出现在街垒对面的人物"。你会注意到，他用的词是"街垒"。从《烈火中》判断，我本以为巴比塞在街垒上的经历让他很不喜欢它们呢。但他幻想着用刺刀刺死不会还击的"资产阶级"，这与现实的章节可不大一样。

迄今为止我所读过的对资产阶级进行戏弄的文学作品的最好例子是米尔斯基③的《大不列颠的知识分子》，一本内容很有趣、文风很犀利的书，任何想了解法西斯主义如何崛起的人都应该读一读这本书。米尔斯基（曾经被称为"米尔斯基亲王"）是一个白俄流亡者，后来迁居到英国，在伦敦大学担任俄国文学讲师。后来他信奉共产主义，回到俄国，写了这本书，从马克思主义者的角度揭露英国知识分子的情况。那是一本极其恶毒的书，整本书透露着"现在你们抓不到我，我爱怎么说你们都行"的基调，除了大体上的扭曲之外，它还含有某种很明确而且或许是有意的失实的表述。例如，康拉德④是一个"和吉卜林一样拥护帝国主义的作家"；戴维·赫伯特·劳伦斯撰写的是"赤裸裸的色情文学"，将自己的无产阶级出身隐藏得滴水不漏——似乎劳伦斯成了混进上议院的杀猪的！这

---

① 瓦伦丁·马塞尔·普鲁斯特（Valentin Marcel Proust，1871—1922），法国作家，代表作有《追忆似水年华》、《平原之城索多玛与蛾摩拉》等。

② 安德烈·保罗·吉拉姆·纪德（André Paul Guillaume Gide，1869—1951），法国作家，曾获1947年诺贝尔文学奖，代表作有《窄门》、《人间的粮食》等。

③ 迪米特里·佩特洛维奇·西亚托波尔克·米尔斯基（Dmitry Petrovich Svyatopolk Mirsky，1890—1939），俄国作家、翻译家，曾将许多苏俄作品翻译为英文，并将英国的作品翻译为俄文。

④ 约瑟夫·康拉德（Joseph Conrad，1857—1924），波兰籍英国作家，现代主义先驱者，代表作有《胜利》、《吉姆老爷》、《黑暗之心》等。

些描述令人很担忧，俄国的读者根本无从判断这些论断的真伪。但在这里我要探讨的是，这么一本书对英国公众所产生的影响。一个出身贵族的作家，一个这辈子或许从未与工人阶级平等相待过的人，怎么会恶毒地诽谤中伤他的资产阶级同伙？为什么会这样？从表面上看，他是出于纯粹的仇恨在与英国的知识分子作对，但他的目的是什么？书中的内容没有回答这个问题。因此，像这类书给读者的一个印象就是，共产主义只有仇恨。而再一次，你会发现共产主义和罗马天主教教义的相似之处。如果你想找到一本像《大不列颠的知识分子》这样充满恶意的书籍，最有可能的地方就是为罗马天主教辩护的流行书籍。你会发现里面充斥着一样的恶毒与虚伪。不过，我要为天主教说一句公道话；你会发现它的措辞要礼貌得体一些。米尔斯基同志的精神兄弟竟然会是某某神父，真是奇哉怪也！共产主义者和天主教徒所表述的内容并不一样。在某种程度上，他们所说的是完全相反的内容，如果有机会的话，任何一方都希望将另一方放到滚油中油炸，但从局外人的角度观察，二者其实非常相像。

事实上，以现在这种方式呈现的社会主义主要吸引的是心中愤愤不平甚至是没有人性可言的人。除此之外，有的社会主义者其实很热心，但毫无思想；还有典型的工人阶级社会主义者，他们只想摆脱贫困，并不理解社会主义的内在含义。另一方面，那些知识分子型的社会主义者知道，我们需要将当前的文明扔到阴沟里，他们也愿意这么做。首先，这类人全部来自于中产阶级，来自于中产阶级中那些没有根的、生长于城镇的人。而更不幸的是，这个群体中包括了——而在局外人看来，甚至看上去就是由那些人所构成的——那些我已经讨论过的人物：那些对资产阶级唾沫横飞的斥责者，类似萧伯纳的那种半吊子的改革者和机灵狡猾、一心想往上爬的社会主义文坛才俊，现在是共产主义者，因为它是最流行的，而五年后就会变成法西斯主义者；还有那些有着高端思想的无聊女人、趿着拖鞋的人和蓄着胡须只喝果汁的人，就像绿头苍蝇簇拥着死猫那样冲着"进步"的气息蜂拥而去。那些赞同社会主义的基本目标的普通人，他们会觉得自己在哪一个社会主义政党中都显得格格不入。更糟糕的是，他会得出愤世嫉俗的结论，那就是社会主义意味着毁灭，或许它正在降临，但必须尽可能将其延缓。当然，正如我已经说过的，通过追随者去判断一场运动严格来说并不是公允之举，但关键是，人民通常都会这么做，而当前盛行的对社会主义的看法被社会主义者都是无聊或不好相与的人这个观念蒙上了阴影。他们觉得如果"社会主义"实现的话，我们那些更加高调的社会主义者将会如鱼得水。这会对社会主义事业造成非常大的伤害。如果应付得当的话，普通民众或许不会对无产阶级专政有所疑虑，但如果是那些一本正经的人实施专政，他们会做好战斗的准备。

　　大家普遍都觉得，任何社会主义成为现实的文明和我们的文明相比，就像是一瓶崭新的殖民地出产的勃艮第红酒和几勺上等的博若莱红酒。我们生活在一个形近崩溃的文明，但它曾是一个伟大的文明，经过修修补补看上去仍非常繁华，几乎没有受到影响。可以这么说，它仍然酒香四溢，而那个想象中的社会主义的未来就像冒牌的勃艮第，只有铁锈和水的味道。因此，我们面临一个非常可怕的现实：重要的艺术家都无法被说服加入社会主义阵营。比起画家，作家们的政治理念和他们的作品联系更加紧密。说实话，我们必须承认，几乎所有宣扬社会主义的文学作品都很无趣，品味低下，文字拙劣。考虑到当前英国的形势，社会主义的理念已经影响了整整一代人，然而，可以这么说，社会主义文学的翘楚是威斯坦·休·奥登①——一个懦弱版的吉卜林，还有那些围绕在他身边的更加软弱的诗人。每一个有分量的作家和每一本值得阅读的书，都在另一个阵营。我相信俄国的情况刚好相反——虽然我对此一无所知——因为料想在革命后的俄国，激烈的事件将诞生出富有活力的文学作品。但有一点是肯定的：在西欧，社会主义还没有催生出真正意义的好作品。不久以前，当问题还不是那么清楚的时候，有一些活跃的作家自称为社会主义者，但他们只是把这个词语作为一个模糊的标签。因此，如果易卜生②和左拉③自称为社会主义者，这只是表示他们是"进步作家"，而在安纳托尔·法郎士④身上，这只是表示他是一个反对教会的人士。真正的社会主义者，那些从事宣传的作家，都是些无趣空洞、夸夸其谈的人——萧伯纳、巴比塞、厄普顿·辛克莱尔⑤、威

---

① 威斯坦·休·奥登（Wystan Hugh Auden，1907—1973），英国/美国诗人，代表作有《死亡之舞》、《阿喀琉斯之盾》等。
② 亨利克·易卜生（Henrik Ibsen，1828—1906），挪威剧作家、诗人，现代现实主义戏剧的先驱，代表作有《玩偶之家》、《群魔》等。
③ 埃米尔·弗朗科伊斯·左拉（Émile François Zola，1840—1902），法国著名作家及政治自由运动先驱，代表作有《卢贡—马卡尔家族》、《三城记》等。
④ 安纳托尔·法郎士（Anatole France，1844—1924），法国作家、诗人，曾获得1921年诺贝尔文学奖，代表作有《苔伊丝》、《企鹅岛》、《天使之叛》等。
⑤ 厄普顿·辛克莱尔（Upton Sinclair，1878—1968），美国作家，社会主义者，曾因揭露美国肉制品加工业的黑幕而激起美国公众的强烈关注，促成了"食物与药品法案"的出台。代表作有《丛林》、《西尔维娅》等。

廉·莫里斯、沃尔多·弗兰克①等等。当然，我并不是说社会主义应该受到谴责，因为那些潜心创作的人不喜欢它。我甚至不是想说社会主义一定要催生属于自己的文学作品，尽管我确实觉得社会主义没能催生值得歌唱的赞歌不是一件好事。我只想指出，真正拥有才华的作家对社会主义漠不关心，有时甚至怀有敌意。这不仅对那些作家是坏事，而且对社会主义事业也有非常大的影响，因为社会主义需要好的作家。

　　于是乎，这就是普通人疏远社会主义的表层原因。我对这整场枯燥的争论非常了解，因为我是从对立双方的角度对它进行了解的。在本书中我所写的每句话，都是我在劝说非社会主义者时他们对我说过的，而我对那些试图劝服我的热切的社会主义者也说过。整件事说到底就是对于个别社会主义者的厌恶而引起的一种不快。特别是那些自信满满、脱口而出就是马克思语录的人。被这种情况影响难道不是很幼稚的事情吗？难道不是很傻的事情吗？难道不是很可鄙的事情吗？但问题的关键是，这种事情真的发生了，因此，我们必须记住它。

---

① 沃尔多·弗兰克（Waldo Frank，1889—1967），美国作家，代表作有《不受欢迎的人》、《粉脸》等。

第十二章

然而，除了上一章我所提到的局部性和暂时性的反对之外，还有比这些严重得多的困难。

许多知识分子站在了反对社会主义的立场上，面对这个事实，社会主义者倾向于斥之为知识分子的思想腐朽堕落（无论是有意或是无意），或者认为这些知识分子愚昧无知，以为社会主义"行不通"，或认为知识分子们对社会主义社会实现之前必须经历的困难和恐怖感到恐惧。毫无疑问，这些想法都是重要的因素，然而，有许多人并没有受到这些想法的影响，但他们还是对社会主义持敌对的态度。他们反对社会主义是基于精神层面或"意识形态"上的原因。他们反对社会主义不是因为社会主义行不通，而是因为社会主义会"太成功"。他们所担心的不是他们这辈子会发生的事情，而是在遥远的未来，当社会主义成为现实的时候会发生的事情。

我没有遇到过一个坚定的社会主义者能理解为什么有思辨能力的人会抗拒看似非常迷人的社会主义目标。马克思主义者往往将这一情况斥之为资产阶级的自怜自伤。马克思主义者总是无法理解反对者们在想些什么，否则，欧洲的局势也就不会恶化到如今这番绝望的田地。他们掌握了能理解一切事物的哲理，于是也就不会劳心费神去了解其他人心里到底在想什么。比方说，下面是一个我所说的这种事情的例证。一个广为人知的理论认为——从某种层面上讲，这个理论是成立的——法西斯主义是共产主义的产物，而当前最杰出的马克思主义作家之一——内维尔·阿尔德里奇·霍达威先生[①]对这个问题是这么写的：

"长期以来，有一种看法认为共产主义催生了法西斯主义……这种看法所蕴含的真相是，共产主义活动的蓬勃发展向统治阶级提出了警告：民主化的工党再也无法控制工人阶级了，资产阶级独裁只能采取另外一种手段以继续其统治。"

你可以看到这段话的思维方式缺陷，因为他总结出了法西斯主义诞生的经济原因，却认为精神层面的原因并不重要。法西斯主义被认为是"统治阶级"的一种手段，而归根究底，它确实是一种统治手段。但这只能解释为什么法西斯主义对资本家们有吸引力。而数百万并非资本家的人呢？那些无法从法西斯主义那里获得任何物质上的好处，心里也知道这一点，却依然成为法西斯信徒的人呢？显然，他们之所以这么做，是出于意识形态方面的原因。他们只能逃窜到法西斯主义的庇护之下，因为共产主义对有些事物提出了攻讦（爱国主义、宗教等等），而这些事物要比经济上的动机更加深刻。从这个意义上说，共产主义催生了法西斯主义这个说法确实所言非虚。遗憾的是，在意识形态方面，马克思主义者总是只专注于意识形态中的经济问题。的确，经济上的争论有助于揭示真相，但不良的后果就是，他们的大部分宣传工作都无法切中要害。在本章我要探讨为什么人们要躲避社会主义，尤其是那些天性敏感的

[①] 内维尔·阿尔德里奇·霍达威（Neville Aldridge Holdaway，1894—1935），英国社会主义者，代表作有《曾经在那里的人》、《马克思主义》、《废墟中的谋杀》等。

人。我将花点篇幅对其进行分析，因为这些想法非常广泛，非常强大，而社会主义者们几乎对其一无所知。

我们要注意的第一点是，社会主义的理念与机器生产的理念是密不可分的。社会主义的本质是都市人的信条，与工业主义相伴相生，扎根于城市无产者和城市知识分子的群体中，或许只有在工业化的社会才能诞生。社会主义是与工业主义紧密联系在一起的，因为只有在每个人（或每户家庭，或其它社会单位）在某种程度上相对独立时，私人所有制才有存在的意义。但工业主义的目的是任何人或任何单位都无法相对独立，哪怕只是短暂的片刻。当工业主义达到了一定的层次时，它就一定会催生某种形式的集体主义。当然，工业主义不一定意味着社会主义，它或许会演变为"奴隶社会"，而法西斯主义正是这一前景的前兆。反之亦然。机器生产不一定意味着社会主义，但社会主义作为一种世界体系，必定包含了机器生产，因为社会主义所要求的某些事情是与原始的生活方式不相容的。譬如说，它要求世界各地不间断地沟通交流、交易商品货物，它要求以中央集权的形式进行控制，它要求所有人都以大致相同的标准生活，在某种程度上以相同的方式接受教育。因此，我们或许可以认为，社会主义社会就像现在的美国一样高度机械化，或许比美国更机械化。没有社会主义者会否认这一点，社会主义社会总是被描绘为完全机械化、高度组织化的世界，对机器的依赖就像原始社会对奴隶的依赖一样。

到目前为止，一切都很妙——或者很不妙。许多有思辨能力的人，或许是大部分有思辨能力的人并不喜欢机器文明，但任何稍有理性的人都知道在这个时候谈论捣毁机器根本是无稽之谈。但不幸的是，社会主义总是和机器文明的发展联系在一起，不仅视机器文明为必要的发展阶段，更将机器文明视为终极目标，几乎成了一种宗教。而这在大部分对于苏联高歌猛进的机械化发展（第聂伯河大坝、拖拉机等等）大加吹捧的宣传材料中得到了体现。卡雷尔·卡佩克[①]在作品《罗素姆的万能机器人》一书可怕的结局中写到机器人将人类屠杀殆尽，然后宣布要"建造大量的房屋"（你知道，只是为了建造房屋而建造房屋）。那些轻易就接受社会主义的人都对机械化发展怀着疯狂的热情，因此，他们根本无法理解怎么会有相反意见的存在。他们所能想到的最具说服力的解释就是告诉你，比起社会主义建成之时的机器化程度，当前社会的机器化程度根本不能同日而语。现在某个地方只有一架飞机，而到了那时将会有五十架飞机！所有现在需要人力完成的工作到了那时将全部由机器完成！现在由皮革、木头或石头制成的东西将由橡胶、玻璃或钢铁制成。将来不会再有混沌或无秩序的情况，不会再有原野，不会再有野生动物，没有杂草，没有疾病，没有贫穷，没有痛苦——诸如此类。社会主义世界将是一个秩序井然、高效运作的世界。但正是这一幕恍如威尔斯笔下世界的未来情景令敏感的人退避三舍。请你注意，这一本质上奉行物质享受准则的"进步"观念并不是社会主义信念的应有之义，但它已经被认为是社会主义信念的内容之一，结果就是隐藏在所有人心中的捉摸不定的保守主义情怀很容易就被激起，以此反对社会主义。

任何有理性的人都会对机器和科学产生疑虑，但重要的是

---

① 卡雷尔·卡佩克（Karel Capek，1890—1938），捷克作家，作品多涉及机械文明对于人类的负面影响，并创造了"机器人"（robot）一词。

将种种对于科学和机器的敌意动机(在不同的时期这些动机是很不一样的)进行分类,而不去理会当代文人的妒忌——他们痛恨科学,因为科学夺走了文学的权威。我所熟悉的对科学与机器进行全面抨击的文学作品,是《格列佛游记》的第三章。但斯威夫特的抨击,虽然十分精妙,却完全言不及义,甚至可以用愚蠢加以形容,因为它出自一个缺乏想象力的人的手笔——或许对于一个写出了《格列佛游记》的人作出这番评价显得有点奇怪。对于斯威夫特来说,科学只是一种徒劳无益的脑力劳动,而机器都是一些没有用处的奇技淫巧。他的判断标准是实用性,但他却无法看到当时似乎没什么实用价值的实验到了将来会催生出的结果。在该书的另一处地方,他认为最好的发明是"让曾经长过一茬绿草的地方长出两茬绿草来"。显然,他没有意识到,机器能做的就是这些。不久之后,一度受到鄙视的机器开始运作,科学扩展了它的版图,而宗教与科学的斗争也随之展开,那是我们的爷爷辈那一代人的事情了。宗教与科学的斗争结束了,双方偃旗息鼓,宣告己方获得了胜利,而大部分信奉宗教的人依然对科学持有偏见。贯穿整个十九世纪,对科学与机器的批判不绝于耳(比方说,狄更斯的《艰难时代》),但理由都很肤浅,认为工业文明的初始阶段很残忍丑陋。但萨缪尔·巴特勒对于机器的攻讦——那个广为人知的、描写伊尔丰国①的章节——则不一样。不过,巴特勒生活的时代远远没有我们的时代那么绝望,在那个时代,一个出色的人仍然能够在业余时间有闲情雅致去涉猎别的领域,因

---

① 伊尔丰国(Erewhon)是萨缪尔·巴特勒的同名小说中一个虚拟的国度,那里没有机器,因为伊尔丰国的国民认为机器是危险的东西。

此，对于他来说，整件事就像是某种智力上的锻炼。他洞察我们对机器可怜巴巴的依赖，但他并没有花费心思去思索这种情况将导致的结果，而是对其进行了夸张的处理，只是为了将其变成一个笑话。到了我们这个年代，机器化获得了胜利，我们确确实实地感到人类对机器的依赖使得我们再也不可能过上完整的人性化生活了。或许，一个人会看着一张煤气管式的椅子，然后萌生机器是生活的敌人这个想法，有谁能不对此心有同感呢？然而，这种感觉往往是本能的意念，而不是理性的想法。

人们知道从某种意义上说，"进步"是一场骗局。但这是情感上不假思索得出的结论，而我所要做的，是依照逻辑一步一步对其进行论证，而这些步骤往往被忽略了。但首先一个人会问，机器的作用到底是什么？显然，机器的首要任务是节省劳动，接受机器文明的人认为没有必要再思考下去了。这里我要举一个例子，列举一位为现代机器文明摇旗呐喊，认为自己活得非常惬意自在的人所说过的话。约翰·比弗斯[①]在《没有信仰的世界》中这般写道：

"有一种荒唐的谬论认为，比起十八世纪的农场雇工，或比起现在和过去农村里的农民与雇工，如今一周工资在两英镑十先令到四英镑的人要更加低下。这种论调是完全错误的。说什么在田间和农场工作有教化的影响而在大型的火车头工厂或汽车工厂上班则没有教化的影响，这实在是太愚蠢了。工作是

---

① 约翰·比弗斯(John Beevers, 1911—1975)，英国作家，原本信奉共产主义，鼓吹革命，后来皈依罗马天主教，代表作有《没有信仰的世界》、《黑暗的君主》等。

一种痛苦。我们工作是情非得已，是为了让我们能以尽量快乐的方式享受闲暇。"

还有：

"人类将有足够的时间和足够的能力追求自己在地上的天堂，不用去担心那个超越自然的天堂。大地将成为一个如此令人愉快的地方，神父和牧师将成为传说。只需轻轻一下，一半的辛劳将被消弭……"

有整整一章在进行类似的论述（详见该书的第四章），它是在以最为低俗、愚昧和肤浅的形式展现机器崇拜。这是如今很大一部分人的真实心声。住在郊区的每一个吃着阿司匹林的人都会热烈地响应。请注意，当听到别人暗示他的祖父是一个更健全的人这样的话时，比弗斯先生在愤怒地尖叫（那不是真的！）。而要是告诉比弗斯先生如果我们回归更简单的生活，或许他将得干活锻炼自己的肌肉，你会听到这么一句回答：工作是为了让我们能够消遣。而消遣的目的呢？或许是让我们变得更像比弗斯先生。事实上，从那句"地上的人间乐园"你不难猜出他所期盼的文明将是怎样的情形：在永恒的世界里，类似里昂斯餐馆①那样的店铺不断地扩张，而且越来越嘈杂。在那些对于机器世界甘之如饴的作者所写的书里——譬如说威尔斯的任何作品——你都会找到类似的描写。我们总是听到令人振奋的内容，讲述"机器将成为人类新的奴隶，赋予全人类解放和自由"等等等等。显然，对于这些人来说，机器唯一的危险就是可能会被用于破坏。比如说，飞机被应用于战

---

① 里昂斯餐馆(Lyons Corner House)，创办于 1909 年，结业于 1977 年，是奉行科学管理的餐馆连锁业先驱。

争。除了战争和无法预见的灾难之外，未来注定会朝机器进步的方向高歌猛进。用机器节约劳动，用机器减少思考，用机器避免痛苦，卫生，高效，高度组织化，还要更卫生，更高效，更高度组织化，就要有更多的机器——直到最后你来到现在已经广为人知的威尔斯式的乌托邦，被赫胥黎在《美丽新世界》中加以讽刺，一个满是矮小肥胖男人的天堂。当然，在那些人对未来的不切实际的幻想里，人类并不矮小，也不肥胖。他们是天神一般的男人。但人类怎么会变成那样呢？所有的机械化进步都是为了追求更高的效率，最终将成为一个绝不会出错的世界。而在一个不会出错的世界里，许多威尔斯先生认为"天神般"的品质将毫无价值，就像动物扇动耳朵的功能一样。比方说，《与神一样的人》和《梦境》中的那些人被表现得勇敢、慷慨、强壮。但在一个消除了危险的世界里——显然，机械化进步将消除一切危险——勇气还可能存在吗？它能够保留下来吗？在一个不需要体力劳动的世界里，身体上的力量又有什么用？至于忠诚、慷慨之类的品质，在一个不会出错的世界里，它们不仅毫无作用，或许根本不可想象。事实上，许多我们所钦佩的人格和品质只有在遇到灾难、痛苦或困境时才有意义。但机械化进步将消除灾难、痛苦和困境。在《梦境》和《与神一样的人》这样的书里，作者认为力量、勇气、慷慨这样的品质仍将得以保存，因为它们是高尚的品格和作为健全之人必备的特征。或许，乌托邦世界的人会制造人为的危险，以锻炼他们的勇气，进行哑铃锻炼以磨砺筋骨，虽然他们根本不需要使用体力。在这里你看到了在进步的理念中经常出现的巨大矛盾。机械化进步的目的是使你的环境变得安全舒适，而你却在努力让自己变得勇敢强健。你一边在拼命地向前跑，却又在拼命往后退，就像一个伦敦股票捎客穿着锁子甲走进办公室，说着中世纪的拉丁语。因此，归根结底，拥护进步的人其实是在拥护不合时宜的事物。

与此同时，我一直假定机械化进步将使得生活更加安全舒适。这或许会有争议，因为在任何时候，有的机械新发明会使得生活更加危险。以骑马到开车的转变为例，我们或许会说，考虑到居高不下的交通死亡率，汽车并没有令生活更加安全。而且，要成为一流的泥路赛车手并不比成为一名驯马人或参加全国越野障碍赛马容易多少。但是，任何机械都将变得越来越安全，越来越容易操作。如果我们认认真真地去解决道路规划问题的话，事故的危险将会消失，而这一点我们迟早可以实现。而且，汽车已经进化到如此先进的地步，只要你不是盲人或残疾人，学几节课之后就可以上路了。开好车要比骑好马容易得多，而且不需要那么勇敢。再过二十年，可能开车根本不需要技术或勇气。因此，我们可以说，纵观整个社会，从骑马到开车的转变使得人类变得更柔弱了。有的人或许会举飞机这项发明为例，似乎飞机并没有使我们的生活更加安全。第一批开飞机的人都特别勇敢，即使到了今天，要当一名飞行员仍需要莫大的勇气。但大势所趋之下，和开车一样，开飞机也会变得越来越容易。上百万名工程师正在孜孜不倦地朝这个方向努力。最终——这或许是永远无法企及的目标——飞行员开飞机会像婴儿在学步车里学走路一样简单。所有的机械化进步都正在朝而且一定会朝这个方向发展。机器会变得越来越有效率，操作也会越来越简单，因此，机械化进步的目标，是一个简单到傻瓜化的世界——或许，将来世界上的人都会是傻瓜。威尔斯先生或许会反驳说世界绝不会变得傻瓜化，因为无论你达到多么高的效率，总会有难度更高的问题要解决。例如（这是威尔斯先生最喜欢的理念——天知道在多少次长篇大论中他提到了这一点），当你将我们的星球摆弄得整整齐齐后，接下来的任务就是到达并殖民另一个星球。但这只是将目标推迟到未来，目标本身还是一样。殖民另一个星球，机械化的游戏重新开始，你将傻瓜化的世界扩展到傻瓜化的太阳系——乃至傻瓜化的宇宙。如果你坚持机械化效率的理念，你就是在坚持柔弱的理念。但柔弱是令人反感的，因此，所有的进步似乎成了朝一个你不愿意企及的目标所进行的癫狂的挣扎。有时你会遇到一些人，但不是很多，他们知道所谓的"进步"蕴含着我们所说的"退化"，但他们还是赞同进步。因此，在萧伯纳先生的《乌托邦》里，人们为福斯塔夫①竖立了一座雕像，因为他是第一个发表演说赞同懦弱的人。

但问题要比这严重得多。到目前为止，我只指出了以机器进步为目标，同时力图保留那些因为机器进步而失去存在必要的品质是多么荒谬。我们要考虑的问题是，有哪些人类活动可以不被机器的统治所摧毁。

机器的作用是减少工作。在完全机械化的世界，所有的苦差事都会由机器完成，使我们获得自由，追求我们更感兴趣的事物。这种描述听起来特别迷人。一个人看到几个工人大汗淋漓地给水管挖渠会觉得很难过，而操作简单的机器只要花几分钟的时间就可以把渠给挖好。为什么不让机器干活，让那几个工人可以去做别的事情呢？但问题出现了，他们可以去做别的

---

① 福斯塔夫（Falstaff）：莎士比亚的作品《亨利四世》中的人物，是一个性格傲慢自负而怯懦胆小的骑士。

什么事情呢？假设他们从"工作"中解放出来，可以去做不是
"工作"的别的事情，但什么是工作？什么不是工作？工作是
不是就是挖土、做木匠活、种树、伐树、骑马、钓鱼、打猎、
喂鸡、弹钢琴、拍照、建房子、做饭、锯东西、织帽子、修摩
托车呢？所有这些对于某些人是工作，而对于另一些人来说则
是休闲。事实上，绝大部分的活动既可以看成是工作，也可以
看成是休闲，关键是你怎么看待它们。不用去挖渠的工人可能
会想去弹钢琴，而一个职业钢琴师或许会很高兴能到马铃薯园
里挖土。因此，乏味到令人无法忍受的工作和让人想要去做的
消遣之间的二元对立是不成立的。事实上，当一个人不在吃
喝、睡觉、做爱、聊天、玩游戏或无所事事时——这些事情不
可能占据一辈子的时间——他需要工作，总是在寻找工作，虽
然他不一定称之为工作。只要不是三级或四级智障，生活就得
在努力中度过。因为，人并不像那些低俗的享乐主义者所认为
的那样，是会行走的酒囊饭袋，他还有双手双眼和大脑。四体
不勤的结果就是你把大部分的知觉给砍掉了。现在我们再看看
那几个挖渠铺水管的工人。有了机器他们就不用再挖渠了，他
们准备做点别的事情让自己开心一些——比方说，做木匠活。
但无论他们想做什么，他们总会发现有另一样机器让他们根本
无用武之地。因为在完全机械化的世界里，根本不需要木匠、
厨师、机修工，就像不需要有人挖渠一样。几乎没有事情，从
捕鲸到雕刻红宝石，是不能靠机器完成的。机器甚至将会侵蚀
我们现在称之为"艺术"的活动，通过照相机和留声机，它已
经在这么做了。当世界在方方面面都实现了机械化，无论你再
怎么努力，总会有某样机器剥夺了你工作的机会——同时也意
味着生存的机会。

乍一眼看这似乎没什么要紧的。为什么你不能继续"创造性地劳动",不去理会那些会为你工作的机器呢?但情况并不像说起来那么简单。以我为例,每天八小时在保险公司上班,在我闲暇的时候,我要去做点"创造性"的事情,于是我选择了做点木工活——比如说,给自己做张桌子。请注意,从一开始整件事都透着虚伪的感觉,因为工厂所做的桌子要比我自己做的桌子好得多。但就算我要给自己做张桌子,我做桌子的感觉不可能与一百年前的工匠做桌子的感觉一样,与鲁滨逊·克鲁索做桌子时的感觉更不可同日而语。因为在开始之前,大部分工作已经由机器帮我做好了。我所使用的工具根本不需要技巧。例如,我可以买到能够刨出任何线脚的刨子,而一百年前的木匠得用扁錾和凿子做这件事,这需要手眼的高度配合。我买的桌板已经刨平,桌脚已经用机床加工过。我甚至可以到家私店,买到成品桌子的零部件,将它们装配起来就可以了。我只需要拧紧几个钉子,用砂纸打磨一下。这种情况现在已经出现了,到了机械化的将来,情况只会更加普遍。有了工具和材料,就没有机会犯错,因此也就没有提高技术的空间。做一张桌子比削土豆更加简单无聊。在这种情况下,谈论"创造性劳动"毫无意义。不管怎样,手艺(这需要师傅学徒的代代传承)一早就已经失传。在机器的竞争下,现在有的手艺已经失传了。在任何一处郊区墓地转转,看看你能不能找到一块1820年之后做工精细的墓碑。这门雕刻石头的艺术或手艺已经失传了,得过好几个世纪才能恢复。

但有人会说,为什么不既保留机器又保留"创造性劳动"呢?为什么不去做一些不合时宜的事情当作消遣呢?许多人就是这么想的,似乎轻而易举就解决了机器造成的问题。生活在乌托邦的人，我们了解到，每天在土豆罐头厂上两小时班，转一下把手，然后下班回家，会刻意回归到比较原始的生活，做一点木雕、烧陶器或进行手工编织以慰藉他的创造性本能。当然，这幅情景是那么荒唐滑稽——为什么？因为有一个法则总是被人所遗忘，但它总是在起作用：只要有机器，人就一定会使用机器。当一个人可以拧开水龙头取水时，他就绝不会去井里打水。旅行是一个绝佳的例子。任何在欠发达国家以原始方式旅行过的人都知道这种旅行方式和坐火车、汽车或其它现代旅行方式之间的区别就像生与死的区别。游牧民族把大包小包放在骆驼背上，或坐着牛车到处周游，他们得忍受种种的不便，但至少在他旅行的时候他一直活着。而对于那些坐特快火车或豪华游轮的旅客而言，旅途是一段空白期，一种暂时的死亡。但是，只要铁路存在，一个人就会乘火车旅行——或坐汽车，或搭飞机。我住的地方离伦敦四十公里，我为什么不把行李让骡子驮着，步行两天去伦敦呢？因为格林巴士班车每十分钟就从我家门口经过。这么一趟路程会很让人厌烦，只有在别的交通方式完全被杜绝的情况下，一个人才能享受到原始交通方式的乐趣。没有人会愿意自讨苦吃。因此，乌托邦世界的人以做木雕拯救他们灵魂的图景让人觉得很滑稽荒唐。在任何事情都可以用机器完成的世界里，任何事情都会用机器完成。刻意回归原始，使用古老的工具或故意为自己制造点麻烦，这些都是肤浅之举，是附庸风雅的举动，就像你庄严地坐下来，拿着石头器皿吃饭一样。在机器时代回归手工劳动，你就回到了墙上装着假梁的仿古"老茶铺"或"都铎风格的别墅"。

机械化进步的目的，就是使人类不需要付出努力，不需要去从事创造。需要眼手配合的活动变得无足轻重，甚至不可能进行。有时，拥戴"进步"的人会宣称这一点并不重要，但只要你指出这一现象将会导致可怕的结果，他就会哑口无言。比方说，为什么要使用双手呢？为什么要用手去擤鼻涕或削铅笔呢？你不是可以在肩膀上安装某种钢铁和橡皮做的精巧装置，让手臂萎缩成皮包骨头吗？这种情况可以发生在每一个器官和每一个功能上。一个人除了吃喝、睡觉、呼吸、排泄之外，根本不需要做其它事情。每一件事都会有机器帮他做好。因此，机械化进步合乎逻辑的结果就是，人们将退化为罐子里的大脑。这就是我们正在前进的方向，但是，这并不是我们所期望发生的事情，就像一个每天喝一瓶威士忌的人并不想得肝硬化一样。或许"进步"并不一定会让我们变成罐子里的大脑，但不管怎样，我们将变得非常柔弱无助，这是非常可怕的事情。不幸的是，如今在几乎所有人的心目中，"进步"这个词与"社会主义"这个词密不可分。那些痛恨机器的人也痛恨社会主义，并认为这是理所当然的事情。社会主义者总是赞同机械化、理性化和现代化——至少他们认为他们应该赞同这些事情。举例来说，一位独立工党的显赫人物羞赧地告诉我——似乎这是什么不正经的事情——他"很喜欢马匹"。你要知道，马是属于已经消失的农业文明的事物，所有对于过去的情怀都带着隐隐约约的异端的意味。我不相信事情非得是这样。但事实上，它的确正是如此。这足以解释为什么有思想的人会远离社会主义。

一代人之前，每一个有思想的人在某种意义上都是革命者，而现在每一个有思想的人都更像是反动派。因此，有必要将威尔斯的《当睡者醒来时》和三十年后奥尔德斯·赫胥黎写出的《美丽新世界》进行比较。这两本书都是对乌托邦的悲观描述，表现了一本正经的天堂，在那里，"进步"人士的所有梦想全都成为现实。从想象力的角度上进行评价，我觉得《当睡者醒来时》要略胜一筹，但它因为一个巨大的矛盾而受到戕害，因为作者威尔斯是拥护"进步"的文化主将，没办法怀着坚定的信念去撰写反对"进步"的内容。他描绘了一幅闪闪发亮而出奇狰狞的画面：统治阶级过着肤浅的、毫无生机的享乐生活，而工人阶级沦为彻底的奴隶，像亚人那么无知，如同穴居人一样在地洞里辛苦地工作。在精彩的短篇小说《时空故事》里，关于这一思想的描写更加深入。如果对这一思想进行考察，就会发现逻辑上的自相矛盾。威尔斯想象出一个高度机械化的世界，为什么工人阶级在这个世界里要比以往更艰苦地劳动呢？机器的本质不就是为了消灭劳动，而不是增加劳动吗？在机械化的世界里，工人们或许会被奴役，遭受不公的对待，甚至吃不饱穿不暖，但他们根本不会被驱使从事体力劳动，因为如果是这样的话，还要机器做什么？你可以让机器从事一切工作，你可以驱使人力从事一切工作，但你不能二者兼得。大批大批的工人在地底下劳动，穿着蓝色的制服，说着退化的半人类语言，这些描写纯粹只是为了"让你觉得毛骨悚然"。威尔斯想表达的是，"进步"或许会走向反面，但他所关心的唯一邪恶是社会不公——某个阶层攫取了所有的权力与财富，对其它阶层进行剥削压迫，显然纯粹只是出于仇恨。他似乎在绕着弯儿暗示，将特权阶级推翻——将资本主义体制改造为社会主义体制——所有的问题将得以解决。机械化文明将继续存在，但一切产品将得到平均分配。他不敢直面这么一个想法：机器本身可能将成为人类的敌人。因此，在他的一系列描写乌托邦的作品中（《梦境》、《与神一样的人》等等），他回归乐观主义，认为人性将被机器所"解放"，成为思想进步开明、沐浴在阳光中的新人，他们的唯一话题，就是比起前人他们更加优秀幸福。《美丽新世界》成文要晚一些，属于看穿了"进步"是个骗局这一代人的作品。它有自己的矛盾（约翰·斯特拉奇先生的《即将到来的权力斗争》指出了最重要的矛盾），但它至少对志得意满的至善论作出了令人难忘的抨击。除了夸张的讽刺，这本书表达了大部分愿意思考的人对于机器文明的观感。

敏感的人对于机器的反感从某种程度上说，是不切实际的，因为消灭机器已经是不可能的事情了。但作为一种态度，这种反感情绪值得好好进行探究。确实，我们必须接受机器的存在，但如果能以接受药物的态度——以审慎而有所保留的态度去接受机器——这样或许会好一些。和药物一样，机器很有用，但也很危险，而且会上瘾。人类越是向机器屈服，就会越被机器牢牢控制。现在你只需要看看你的周围就会知道机器正以如何迅猛的速度将我们置于它的魔力之下。首先是可怕的品位败坏，一个世纪来的机械化已经使得这种事情发生了。这一点已是司空见惯而且众所周知，不需要特别指出。但我只举一个例子，以最狭义的品位为例——对于美食的品位。在高度机械化的国家，由于罐头食物、冷冻食物、合成调味料等东西的影响，味蕾已经几乎是死去的器官。到任何一间蔬果店去，你会看到大部分英国人所说的苹果其实是从美洲或澳洲运来的一团颜色鲜艳但味如嚼蜡的软绵绵的东西。他们吞食着这些东西，似乎还吃得津津有味，任凭那些英国本土的苹果在树下腐烂。美国苹果吸引他们的，是那闪闪发亮的、标准化的、机器做出来一般的外观，而英国本地苹果虽然味道更好，但他们根本不加留意。或者看看任何一间杂货商店里卖的那些工厂制造、包着锡纸的乳酪和"混合"黄油；看看那些逐渐占据任何食品店或奶制品店空间的一排排丑陋的罐头；看看那六便士一罐的瑞士蛋卷或两便士一根的冰棍；看看那些人们畅快痛饮的被称为啤酒的东西，其实那些都是肮脏的化工副产品。无论你走到哪儿，你都可以看到某样机器做出来的食品替代另一样旧式的食品，但这些所谓的机器食品味道和锯末其实差不了多少。食物是这样，家具、房屋、衣服、书籍、娱乐和我们生活中任何一样东西也是如此。现在已经有好几百万人——这个数字在逐年增加——不单单接受了收音机的大鸣大放，而且认为这是再平常不过的背景声音，比牛群的哞哞叫或鸟儿的歌唱更加平常。如果人们的品位，包括舌头上的味蕾没有退化的话，机械化是不可能深入发展的，因为这样一来，大部分机器制造出来的产品就没有人要吃了。在健康的世界里，没有人会想享受罐头食物、阿司匹林、留声机、气管式椅子、机关枪、日报、电话、汽车等等等等。另一方面，人们会希望享受到机器无法制造的东西。但机器已经存在，而它的败坏性后果是几乎无法抵挡的。一个人可能会对机器痛加斥责，但还是会继续使用它。就算是一个光着屁股的野人，让他在文明世界里住上几个月，他也会知道现代文明的坏处。机械化导致品味的退化，而品味的退化导致了对于机器制造的产品的需求，因此加深了机械化的程度，从而形成一个恶性循环。

不仅如此，当今世界的机械化似乎还是自发进行的，而不是基于我们的需要。这是因为现代西方人的机械发明能力已经被培养和激发出来，几乎到了成为本能的地步。人们几乎是在无意识的情况下发明机器和改良已有的机器，就像梦游者在睡梦中仍会继续工作一样。以前的人都认为在这个星球上生活会很艰苦，必须辛勤劳动才能生存。继续使用父辈用过的笨拙的工具似乎是天经地义的事情，只有少数几个怪人——几世纪才出那么一两个——创造出新发明。因此，在漫长的年代里，像牛车、锄头、镰刀等工具基本上没有改变。根据史料记载，古时候的人已经开始使用螺丝钉，但直到十九世纪中叶才有人想到做尖头的螺丝钉。几千年来，它们一直是平头的小东西，在插入螺丝钉之前必须事先钻好孔洞。到了我们这个年代这种事情是不可想象的。因为几乎每一个现代西方人都在一定程度上有了发明的能力，他们发明机器几乎就像波利尼西亚岛民会游泳一样平常。给一个西方人安排一样工作，他会立刻开始设计一样机器让它代替自己工作。给他一样机器，他就会想出种种方式对其进行改良。我很熟悉这种心理，因为我自己也有这种想法，虽然总是做得不好。我缺乏耐心，也没有机械技能去设计出任何能够运作的机器，但我总是隐隐约约地想到各式各样的机器以让我免于劳心费力之苦。换成一个更有机械动手能力的人，或许他真的能造出几样机器，将它们应用于实际工作。但在当前的经济体制下，一个人是否会创造发明机器——或者说，任何人是否能受益于这些机器——取决于它们是否有商业价值。因此，当社会主义者们宣称社会主义建成之后，机器化的进程会大大加快时，他们说得没错。在机器文明里，发明和改良总是会持续不断地进行，但资本主义体制的倾向会延缓发明和改良的速度，因为在资本主义体制下，任何无法立刻实现利润的发明都会被束之高阁。而一些会威胁到利润的发明会被无情地压制，比方说，佩特罗尼乌斯提到的有弹性的玻璃。（例如，几年前有人发明出一种留声机的钢针，能耐用数十年。一家大型留声机公司买下了这项专利，从此这项发明就销声匿迹了。）社会主义成立了——利润原则再也不起作用——发明家们就可以大展拳脚。当今世界的机械化进程已经够快的了，到时更将是一日千里。

这样一幅前景实在是有点可怕，因为即使是现在也可以明显察觉得到机械化的进程已经失去了控制。这种事情之所以发生，是因为人类已经形成了习惯。一位化学家会不断地使合成橡胶的方法趋于完美，一位机械师发明了一种新的活塞销运作模式。为什么？他们也不是很清楚为什么要这么做，只是出于发明和改良的冲动，而这种冲动已经成为一种本能。让一个和平主义者在炸弹工厂里工作，不出两个月他就会设计出一种新型的炸弹。因此，像毒气这么一种可怕的东西才会面世，连他们的发明者也知道这东西根本不是为了造福人类。我们对待毒气这类东西的态度，应该就像大人国的国王对待火药一样。但因为我们生活在机械化和科学的时代，我们都背上了错误的想法，认为无论发生什么事情，"进步"都必须继续下去，知识绝不能受到压制。的确，我们都认同应该是机器为人服务，而不是人为机器服务。而在现实中，任何试图阻止机器发展的尝试都被我们视为是对知识的攻讦，因此是一种亵渎神圣的举动。即使全人类突然间对机器产生反感，决定摆脱机器，回归更朴素简单的生活方式，那仍然会是一件非常困难的事情。事情不会像巴特勒的伊尔丰国那样，到了某个日子就将所有的机器统统捣毁。在捣毁旧的机器之后，我们还得根除总是不自觉地想要发明新机器的思维习惯。在我们所有人身上，仍有那个思维习惯的残余。世界上每个国家都有大批的科学家和技术人员，我们每个人都在气喘吁吁地追赶着他们的脚步，就像一群盲目而意志坚定的蚂蚁一样沿着"进步"的道路不断前进。只有少数人希望这种事情发生，大部分人都希望这种事情不要发生，然而，事情的的确确正在发生。机械化进程本身变成了一部机器，一部庞大而闪闪发亮的汽车，载着我们不知朝哪里而去，或许它将载着我们抵达装着软垫的威尔斯的世界和罐子中的大脑。

这就是反对机器文明的理由。至于这个理由合不合理并不要紧。重要的是，每一个反对机器文明的人都在不厌其烦地重复着这些话。不幸的是，由于那个思想上的联系："社会主义——进步——机器——俄国——拖拉机——卫生——机器——进步"，它存在于几乎每个人的头脑里面。因此他们对社会主义产生了敌意。那些人痛恨中央暖气和气管式的椅子，而当你提起社会主义时，他们会嘟囔着"蜂巢社会"，然后带着痛苦的表情走了开去。根据我的观察，只有少数社会主义者明白为什么会这样，大部分人甚至不知道有这么一种情况。将某个相对能言善道的社会主义者逼到一个角落里，对他重复我在这一章里所说过的话，然后听听你会得到什么样的答案。事实上，你会听到几个回答，而这些我都了然在胸。

首先，他会告诉你"回到过去"是不可能的事情（或"妨碍了进步之手"——似乎进步之手在人类历史上从来没有被非常残暴地妨碍过一样！）；然后他会指责你是一个耽于中世纪的人，开始大谈特谈中世纪的恐怖、麻风病、宗教法庭等等。事实上，为现代化辩护的人对于中世纪和过去的攻讦基本上都与主题无关，因为他们最主要的伎俩就是将一个带有洁癖、过着舒适生活的现代人放到一个对这种生活闻所未闻的年代。但请注意，这根本算不上是一个答案。因为对机械化未来的反感与对过去的向往根本是两码事。劳伦斯比耽于中世纪的人要更加聪明，选择了将我们所知甚少的伊特鲁里亚人加以理想化。但是，对伊特鲁里亚人、佩拉斯基人、阿兹台克人、苏美尔人或任何其他已经灭亡的浪漫的民族进行理想化是没有必要的。当一个人在描绘令人向往的文明时，他只需要将其描绘成一个目标就好了，没有必要撒谎说它曾经在时空中存在过。将这一点坚持到底，解释说你希望让生活变得更简单和艰苦，而不是更舒服和复杂，那些社会主义者就会认为你希望倒退到"自然状态"——意指臭气熏天的旧石器时代的洞穴，似乎在钻木取火和谢菲尔德钢铁厂之间或在一艘小皮筏和皇后玛丽号①之间再无其他。

然而，最后你会得到一个更加切中要害的答复，内容大致上是这样的："是的，你所说的话很有道理。确实，磨砺我们的筋骨，拒绝阿司匹林、中央暖气和其它发明确实是很高尚的事情。但问题是，你知道的，没有人愿意过这样的生活。这意味着回到农耕社会的生活方式，极其辛苦地劳动，而这与进行园艺工作根本是两回事。我不希望辛苦地工作，你也不希望辛苦地工作——没有哪个知道那是怎么一回事的人会想要那种生活。你之所以会这么说，是因为你这辈子从未干过一天的苦工。"等等等等。

这番话确实颇有道理。它的意思其实是："我们都是柔弱的人——看在上帝的分上，让我们继续柔弱下去吧！"这至少是真实的。正如我已经指出的，机器已经牢牢控制着我们，摆

---

① 远洋轮船皇后玛丽号的吨位是 8 万吨，有四组涡轮发动机，于 1936 年开始服役。

脱其控制将会非常困难。但是，这个回答其实是在逃避，因为它没有弄清楚当我们说我们"想要"这个或那个的时候所指的意思。我是个堕落的现代半吊子知识分子，要是早上喝不到一杯茶，每个周五读不到《新政治家报》，我会觉得生不如死。显然，我可"不想"回到更简单但也更辛苦的农业生活方式。同样的，我可"不想"减少饮酒量、偿清我的债务、进行充足的运动、对我的妻子保持忠诚，等等等等。但从另一种更深层意义上讲，这些事情却又是我真心想要的，正如同我真心想要的那种文明绝非是将"进步"定义为替那些矮小肥胖的小男人们打造一个安全的世界。我所列举的这些回答，基本上就是当我尝试着向那些社会主义者们解释他们是如何将那些有可能追随社会主义的人给赶走时，我从他们身上套出来的全部理由——那些理性的、知书识礼的社会主义者。当然，他们会拿出老一套的理由，说不管人们喜不喜欢，社会主义迟早都会到来，因为这是"历史的必然"，这么说还真是省事。但"历史的必然"，或相信这是"历史的必然"，是无法阻止希特勒的。

而且有思辨能力的人在理智上偏于左倾，但气质上却偏于右倾，在社会主义阵营的大门前犹豫徘徊着。无疑，他知道自己应该成为社会主义者，但他看到那些社会主义者都是些沉闷无聊的人，然后看到社会主义的那些理想显然都是懦弱之举，于是就离开了。直到前不久，超脱主义仍然是天经地义的事情。十年前，甚至五年前，一个文人会撰写关于巴罗克建筑风格的文章，他的灵魂超脱了政治，但这种创作态度越来越难，甚至不受欢迎。随着时势越来越艰难，问题越来越明显，越来越多的人不再相信世道不会改变（也就是说，你的分红总会很安全）。这位作家原本舒舒服服地坐在一间教堂大厅里的长毛绒座椅软垫上，现在却感觉屁股被什么夹到了，坐立不安。他越来越表现出选择一个立场或另一个立场的倾向。你会发现，许多当代杰出的作家，几年前他们还在坚持为艺术而艺术的创作立场，认为参与政治大选进行投票是低俗掉价的事情，现在他们都有了明确的政治立场。而大部分新锐作家，至少是那些并不只是傻瓜的人，从一开始就"有明确的政治倾向"。我相信，当作家们再也坐不下去的时候，大部分人会投身法西斯主义。但这种情况到底什么时候会发生确实很难说。这或许取决于欧洲的局势，但或许两年内，甚至一年内，我们就将迎来决定性的时刻。到那个时候，每个有理智或行为正派的人都打心眼里知道他应该支持社会主义，但这并不表示他会自发地站在社会主义阵营那边。有许多根深蒂固的偏见阻止了他这么做。他必须被说服，而且得用暗示他的观点受到理解的方式。社会主义者们不能再把时间浪费在对那些已经信奉社会主义的人进行宣传上。他们的工作是尽可能快地发展社会主义的信仰者，但事与愿违，他们总是使得更多的人变成了法西斯主义的追随者。

当我提到英国的法西斯主义时，我想到的并不一定是莫斯利和他那些长着粉刺的追随者。英国的法西斯主义到来时，会是一套冷静而微妙的理论（我猜想至少在一开始的时候它不会叫做法西斯主义），而莫斯利的那一套吉尔伯特和沙利文式①的重口味把戏或许对于英国群众来说只是一个笑柄。不过，就算

---

① 吉尔伯特和沙利文：指维多利亚时代创作滑稽戏剧的威廉·斯温克·吉尔伯特（William SchwenckGilber, 1836—1911）和亚瑟·沙利文（Arthur Sullivan, 1842—1900）。

是莫斯利也值得进行观察，因为过去的经验表明（参考希特勒和拿破仑三世的生涯），对于一个在政坛往上爬的人来说，有时候一开始不被别人看重是有好处的。但此刻我所想的是法西斯主义者的思想态度。无疑，它正在那些原本应该更加明理的人中普及。在知识分子群体里，法西斯主义似乎是一个镜像——不是社会主义的精准镜像，而是似是而非的社会主义的扭曲镜像。它归结于一个决心：那些不靠谱的社会主义者要做什么，它就做截然相反的事情。如果你以蹩脚和令人误解的方式介绍社会主义——如果你让人们认为它只是意味着在那些马克思主义学究的命令下将欧洲文明统统毁掉——你就是在冒着将知识分子赶到法西斯主义阵营的风险。你把他们给吓坏了，他们陷入一种愤怒的防御性的态度，干脆拒绝听取社会主义者的解释。在庞德、温德汉姆·刘易斯①、罗伊·坎贝尔②等人，在大部分信奉罗马天主教的作家身上和许多信奉道格拉斯社会信贷论的群体身上，在某些流行小说家身上，甚至，如果你看得更真切一些，在自命不凡的保守派高雅作家如艾略特和他不计其数的追随者身上，这种态度已经明显可以看得出来了。如果你想要得到法西斯主义情绪在英国发展的确凿无疑的例证，你只需看一看在阿比西尼亚战争③期间那些写给报刊的

---

① 温德汉姆·刘易斯（Wyndham Lewis，1882—1957），英国作家、画家，漩涡主义画派的创始人之一，代表作有《人类的时代》、《爱的复仇》等。

② 罗伊·坎贝尔（Roy Cambell，1901—1957），南非诗人、作家，代表作有《燃烧的平原》、《绽放的芦苇》等。

③ 指1935年10月至1936年5月间第二次意大利与埃塞俄比亚之间的战争，以意大利占领埃塞俄比亚全境告终。1941年东非战役结束后，埃塞俄比亚重新获得独立。

不计其数的信件，去信者全都赞同意大利的行动，或是听一听来自天主教和英国国教的神职人员对西班牙爆发法西斯主义叛乱的欢呼（参阅 1936 年 8 月 17 日的《每日邮报》）。

要与法西斯主义进行周旋，就必须对其有所了解。我们必须承认，法西斯主义虽然极端邪恶，但自有其优点。当然，法西斯主义奉行臭名昭著的独裁统治，其夺权和掌权的方式连其最热心的辩护者也会选择顾左右而言他。但法西斯主义的内在情绪——一开始将人们引入法西斯阵营的情绪——或许并没有那么可鄙。它并不总是像《星期六评论》引导读者所假定的那样，是布尔什维克式的怪物实施的恐怖。每个曾经只是粗略了解过这场运动的人都知道，一个普通的法西斯分子通常是一个好心肠的人——例如，他真诚而热心地希望改善失业状况。但比这更重要的是，法西斯主义从保守主义的优点与缺点中汲取力量。对于任何认可传统和纪律的人来说，它一开始就具有吸引力。当你受够了那些手段没那么老到的社会主义宣传后，或许你很容易就会认为法西斯主义是保卫欧洲文明精华的最后防线。即使是那些最糟糕的法西斯恶棍，一只手拿着橡胶警棍，另一只手拿着蓖麻油的瓶子，也不一定会觉得自己是一个恶棍，他更可能觉得自己像是隆瑟瓦克斯关隘[①]的罗兰将军[②]，在抗击蛮夷，保卫基督教世界。我们必须承认，法西斯主义在欧洲各地节节胜利，主要是因为社会主义者们自乱阵脚。其中

---

① 隆瑟瓦克斯关隘（Roncevaux Pass）：比利牛斯山西班牙与法国边境的关隘，公元 778 年曾进行隆瑟瓦克斯关隘战役，查理曼大帝麾下大将罗兰奉命殿后，抵御巴斯克人的进逼，在战斗中牺牲。
② 罗兰（Roland，？—778 年），查理曼大帝麾下大将，隆瑟瓦克斯关隘战役之后被基督教所推崇，册封为圣骑士，其生平事迹和民间传说被写成了《罗兰之歌》。

一部分原因是共产主义者错误地推行破坏民主的策略，这无异于锯掉你自己坐在上面的树枝；而更重要的是，可以这么说，社会主义者以最离谱的方式错误地表达了自己的诉求。他们从未清楚地表明社会主义的根本目标是公正与自由。他们的眼里只有经济，他们以为人类没有灵魂，以明确或隐晦的方式表明他们的目标是建立物质化的乌托邦社会。结果，法西斯主义得以利用每一个反感享乐主义和廉价的"进步"概念的本能。法西斯主义以欧洲传统的救世主自居，吸纳了基督教的信仰、爱国主义和军人品质。将法西斯主义斥之为"大众虐待狂"或类似的轻佻言语是根本无济于事的。如果你伪称它只是一种时尚，很快就会自动烟消云散，那你是在白日做梦，当某个人拿着橡皮警棍揍你的时候就会醒来。唯一的可行之道，是认真地审视法西斯主义，承认它的确有可取之处，然后向世人清楚地表明法西斯主义的好处社会主义也可以做到。

目前的情况令人非常绝望。即使没有更糟糕的事情降临在我们身上，我们仍得面对在本书的前一部分我所描述过的那些情况，而在我们当前的经济体制下，情况是不会改善的。更为迫切的问题是，法西斯主义者已经主宰了欧洲大陆。除非社会主义的信条能以积极、广泛而迅速的方式进行传播，否则根本无法推翻法西斯主义，因为只有社会主义才是法西斯主义真正的敌人。奉行资本主义和帝国主义的政府，虽然他们自己就要遭到劫掠，却无法下定决心对抗法西斯主义。我们的统治者，那些理解问题所在的人，或许宁愿将大英帝国的每一英寸土地奉送给意大利、德国和日本，也不愿意看到社会主义获得胜利。当我们以为法西斯主义只是扎根于极端民族主义时，对其进行嘲笑似乎很轻松，因为法西斯国家都认为自己是天选的民族和与世界对抗的爱国者，一定会自相残杀。但这种事情并没有发生。法西斯主义如今席卷全球，这意味着不仅法西斯国家会为了劫掠的目的而联合起来，而且他们或许是出于无意识，正在摸索着建立起一套世界体制。不只是一些国家在奉行极权体制，整个世界似乎就要陷入极权体制的魔掌。正如前面我所指出的，机器技术的进步最终一定会形成某种形式的集体主义，但那种形式不一定是平均主义的社会主义。与那些经济学家的观点不同，我们很容易想象出一个世界体系，在经济上推行集体主义——也就是说，消灭了利润原则——但所有的政治、军事和教育权力都掌握在一小撮统治者和他们的帮凶手中。这种情况，或类似的情况，正是法西斯主义的目标。当然，那是一个奴隶社会，或应该说是一个奴隶世界。它或许会是一个稳定的社会形式——考虑到那个世界如果得到科学的开发，将会非常富裕，很有可能那些奴隶们也能生活得很好，感到心满意足。我们总是说法西斯主义的目标是"蜂巢社会"，这种说法对于蜜蜂来说非常不公。由黄鼠狼统治的兔子的世界或许更加贴切。我们必须团结一致，齐心戮力，不让这种野蛮的事情发生。

只有一样东西能让我们团结在一起，那就是社会主义的潜藏宗旨：公正与自由。但"潜藏"这个词真是太轻描淡写了。它几乎被完全遗忘了。它被埋葬在层层叠叠、教条主义、一本正经的废话和半吊子的"进步主义"之下，就像藏在一堆粪山下的钻石。社会主义者们的工作就是把这颗钻石重新发掘出来。公正与自由！这两个词应该像嘹亮的军号一样响彻世界。过去很长一段时间以来，确切地说，是过去十年来，那个恶魔风光无限。我们现在面临的情况是，一提起"社会主义"

这个词，一方面人们会联想到飞机，拖拉机，巍峨闪亮、用玻璃和混凝土建造的工厂；另一方面，人们会联想到蓄着萎蔫的胡须的素食主义者、布尔什维克政委（半是流氓，半是留声机）、趿着拖鞋的热诚的女士、念叨着多音节词语的头发蓬乱的马克思主义者、逃脱的贵格会信徒、奉行节育的疯子和鬼鬼祟祟的工党成员。至少，这些人所奉行的社会主义没有任何革命或推翻暴政的理想，只有标新立异、机器崇拜和对俄国狂热而愚昧的崇拜。假如这股歪风邪气不能立刻得以扭转的话，法西斯主义或许将会获得胜利。

第十三章

最后，一个人可以做些什么呢？

在本书的前半部分我对当前我们所身处的混乱不堪的情况进行了一些简略的侧面描写。在后半部分我一直在尝试解释为什么会有这么多普通的体面的人会对社会主义产生反感，而社会主义其实是唯一能解决社会问题的灵丹妙药。显然，接下来的几年里，最迫切的任务就是赶在法西斯主义席卷世界之前争取到群众的支持。在此我不想提出党派之争的问题，或争论政治上的权衡之计。比党派之争更重要的（当然，面对法西斯主义的威胁恐吓，人民阵线无疑会自发成立），是以积极有效的方式传播社会主义的信条。我们必须让人们做好准备，承担起社会主义者的角色。我相信许多人赞同社会主义的目标，虽然他们在心里并没有察觉到这一点，只要能讲道理说服他们，将他们争取过来并非难事。任何人，只要他们理解贫穷意味着什么，只要他们真心痛恨暴政与战争，都是可以争取的社会主义阵营的同志。在此我要做的，是指出——当然只是非常笼统的形式——社会主义如何与比它更聪明的对手达成和解和共识。

首先，关于社会主义的对手——我指的是那些认识到资本主义体制的邪恶本质，但一听到社会主义这个词就会起鸡皮疙瘩的人。正如我已经指出的，这主要归因于两点。其一是许多社会主义者自身有不少缺陷；其二是社会主义总是伴随着只追求经济效应而且亵渎神明的所谓"进步"思想，让许多缅怀传统或追求美感的人感到反感。首先我要解释第二点原因。

感性的人总是讨厌"进步"和机器文明，但这只是态度上的问题，不足以成为反对社会主义的理由，因为它所拥护的对立面并不存在。当你说："我反对机械化和标准化——因此我反对社会主义。"实际上你是在说："没有机器我也可以生活得很自在。"而这是在胡说八道。我们都依赖机器而生存，如果机器停止运作，我们当中大部分人都活不下去。你可以痛恨机器文明，或许你对它的痛恨是正当的，但在目前，在接受机器文明或拒绝机器文明这个问题上，你没有选择。机器文明已经出现，只能从内部对其进行批判，因为我们所有人都身处其中。只有浪漫的傻瓜才会以为自己能摆脱机器文明，就像那些住在配有冷热水浴室的都铎式小别墅的文人骚客，或跑到丛林里过"原始生活"的野性的男人，带着一把曼利夏步枪和满满四马车的罐头食物。可以肯定的是，机器文明将继续高歌猛进。我们没有理由以为机器文明会自我摧毁，或自发停止运作。过去一段时间以来，有一种流行的说法认为，当前的战争将彻底"摧毁文明"，但可以肯定的是，下一场全面战争的可怕程度将使得之前一切战争成为笑料。战争是不可能阻止机器文明前进的。的确，像英国这么一个脆弱的国家，或许整个西欧，只要几千颗精准放置的炸弹就足以摧毁其秩序，但目前还没有任何战争形式能同时摧毁所有国家的工业文明。回归更简单、更自由、机器化程度更低的生活虽然令人心生向往，却是不可能会发生的事情。这并不是宿命论，只是接受现实。你可以反对蜂巢社会，但这并不是你反对社会主义的理由，因为蜂巢社会已经形成了。你的选择不是在人性化的世界和非人性化的世界之间进行选择，而是在社会主义和法西斯主义之间进行取舍，而法西斯主义充其量是剥夺了一切优点的社会主义。

因此，任何有思想的人所要做的不应该是反对社会主义，而是让社会主义更加人性化。在建立社会主义时，那些洞察其宣扬"进步"背后的谎言的人或许会发现自己打心眼里抵制社会主义。事实上，这就是他们所肩负的特殊任务。在机器文明的世界里，他们必须不停地提出反对意见，但他们并不是在阻挠进步或充当叛徒。但我说的这些都是以后的事情，当前对于任何正派的人士而言，无论他们是保守党或是无政府主义者，唯一应该做的，是为建立社会主义而努力。这是我们摆脱当前的困境或未来可怕的前景唯一的出路。当现在有两千万英国人饥寒交迫，而法西斯主义已经征服了半个欧洲时，反对社会主义无异是在自杀，就像哥特人正在跨越边境，而国内正在爆发内战一样。

因此，当务之急是消除关于社会主义的纯粹只是出于不安的偏见。正如我已经指出的，许多人并不反感社会主义，他们反感的是社会主义者。当前社会主义之所以失去了吸引力，很大程度上是因为社会主义似乎沦为了玩世不恭者、教条主义者和沙龙布尔什维克等人的玩物。我们要记住，这种情况之所以出现只是因为那些玩世不恭者或教条主义者等人率先加入了社会主义运动。如果有更睿智和更正派的人士加入这场运动，那些惹人讨厌的人将不再继续占据主导地位。当前我们只能咬紧牙关，不去理会这些人。当社会主义运动变得更加人性化之后，这些人就会变得无足轻重。而且，这些都是无关紧要的事情。我们要为正义和自由而奋斗，当社会主义的谬误得以澄清，它将带来正义与自由。值得记住的只有这些基本原则。因为许多社会主义者本身有缺陷而拒绝社会主义，就像你因为不喜欢检票员的脸而不愿意乘火车旅行一样荒唐无稽。

其次，关于社会主义者本身——尤其是那些掌握了话语权的书写宣传册的社会主义者。

我们正处于关键时期，所有的左翼人士都应该摒弃争执，团结一心。事实上，这种情况已经在悄悄发生了。显然，即使是不肯妥协的社会主义者现在也必须与意见并非完全统一的人士结为同盟。大体上，他不愿意这么做，是因为他知道这可能会使得整场社会主义运动变成半吊子的空谈，甚至比加入议会的工党都不如。举例来说，当前迫于法西斯主义的威胁而成立的人民阵线其成员并非都是真正的社会主义者，这只是对抗德国与意大利（不是英国）法西斯主义的权宜之计。因此，为了团结一致，共同对抗法西斯主义，社会主义者们只能和他们最痛恨的敌人结为同盟。但我要声明的一点是：只要你坚持社会主义运动的真谛，和志不同道不合的人结盟并不会带来危险。那么，到底什么是社会主义的真谛？一个真正的社会主义者有什么特征？我要说的是，真正的社会主义者是那些希望推翻暴政的人——不只是认为那会是好事，而是积极地期盼。但我知道大部分正统的马克思主义者不会接受这么一个定义，或者只能勉强接受。有时候，当我聆听这些人谈话，或阅读他们的著作时（后一种情况更为明显），我有一种感觉，对他们来说，整场社会主义运动只不过是一场兴奋的围捕异端的行动——就像狂热的巫医在手鼓的节拍中跳跃起舞，高唱着："妈咪妈咪哄，我闻到右翼异端分子的味道了！"正是因为这种事情，当你和工人阶级在一起的时候，你会更加容易察觉自己是一个社会主义者。工人阶级的社会主义者和工人阶级的天主教信徒一样，并不擅长教义，一张口就会说出异端的言论，但他们是虔诚的信徒，他们清楚地知道，社会主义的本质是推翻暴政，如果将《马赛曲》翻译给他们听的话，将比任何辩证唯物主义的长篇大论更能吸引他们。到了现在，如果还在坚持接受社会主义意味着接受马克思主义哲学思想，向俄国屈膝奉承，只会是浪费时间。社会主义运动不应该只是由一帮支持辩证唯物主义的人士组成的联盟，而应该是由一切反对压迫者的被压迫者组成的联盟。你必须争取到严肃认真的人士，将那些只会花言巧语的自由派逐出队伍，他们之所以与法西斯主义为敌，目的只是为了自己可以安稳地享受分红——他们既反对法西斯主义，也反对共产主义，把前者视为耗子，而后者只是消灭耗子的毒药。社会主义意味着推翻暴政，包括国内与国外的暴政。只要你铭记这一点，你就会知道谁是你真正的志同道合者。比起两千万忍饥挨饿的英国人，那些次要的差异——包括最深刻的哲学理论上的差异——这些事情容后再议。

我认为，在本质问题上社会主义者不需要作出牺牲妥协，但在一些外在问题上，作出牺牲妥协非常有必要。例如，如果社会主义运动能不那么古怪偏执，情况将会好很多。如果那些拖鞋和淡绿色衬衣能拿去烧掉，每一个素食主义者、禁酒主义者、伪君子被送回维尔温花园城①安安静静地练他们的瑜伽就好了！但我觉得这些事情并不会发生。但我希望那些稍有理智的社会主义者能不再以傻气而无谓的方式让那些潜在的支持者敬而远之。有许多自以为是的小毛病要改正其实并不困难。就

① 维尔温花园城(Welwyn Garden City)，于二十世纪二十年代由伊比内扎·霍华德爵士(Sir Ebenezer Howard)倡导建立，希望营造一座集合健康生活、先进工业和合理规划于一身的现代城镇，摆脱工业化城镇的弊端。

说典型的马克思主义者对待文学作品那种枯燥乏味的态度吧。在我的脑海中浮现出许多例子，在此我只单独列举其中一例。虽然听起来只是小事一桩，但并非这么简单。在旧的《工人周报》（《工人日报》的前身之一）有一个文学评论栏目叫《编辑案头读物》，有好几个星期栏目刊登了许多关于莎士比亚作品的文评。一位愤怒的读者来信写道："亲爱的同志，我们不想听到关于像莎士比亚这些资产阶级作家的评论了。你就不能让我们了解一些更有无产阶级立场的作品吗？"等等等等。编辑的回答很简单："如果你翻开马克思的《资本论》的前言，"他写道，"你会发现莎士比亚这个名字被提了好几遍。"值得注意的是，光是这一个理由就足以让反对者哑口无言。一旦莎士比亚得到了马克思的钦点，他就成为备受尊敬的作家。正是这种思想，让任何有理智的人选择了远离社会主义运动。你不需要在意莎士比亚被排斥。还有就是，几乎所有的社会主义者总是整天把那些可怕的政治术语挂在嘴边。一个普通人听到诸如"资产阶级意识形态"、"无产阶级团结一心"、"对剥夺者的剥夺"这些术语时，他可不会觉得内心受到鼓舞，而是觉得很讨厌。连"同志"这个词都对社会主义运动起了一些反作用。许多摇摆不定的人参加公共集会，看到那些自以为是的社会主义者彼此互称同志，于是对社会主义意兴阑珊，悄悄地溜进了最近的劣等啤酒店！这种本能反应是很合理的，为什么要让自己身上贴上一枚荒唐可笑的社会主义者的标签，连提起这个名字都会在内心觉得羞愧呢？群众认定成为社会主义者就是趿着凉鞋，唾沫横飞地大谈辩证唯物主义，这是非常致命的。你必须让大家意识到社会主义运动可以包容人性，否则万事皆休。

而这是很难做到的事情，因为这意味着阶级问题绝不仅仅意味着经济地位上的差别，还要以比现在更加务实的态度去面对它。

　　我花了三个章节的篇幅讨论阶级困境。我觉得首先要说的一点是，英国的阶级体制已经毫无任何意义，但却没有消亡的迹象。有些人总是错误地以为社会地位纯粹是由收入决定的，而正统马克思主义者就总是这么想（比方说，艾礼·布朗先生曾写了一本挺有趣的书，叫《中产阶级的命运》）。确实，从经济的角度考虑，社会上只有两种人：富人和穷人，但从社会地位的角度考虑，阶级之间有许多阶层，每个阶层在童年所接受的熏陶和传统不仅大不相同，而且——这一点非常重要——这些熏陶与传统会伴随着一个人的一生，直至他死去。因此你会发现，社会的每个阶层都有一些另类的人。你会发生像维尔斯和贝涅特这样功成名就的作家仍然保存着中下阶层非英国国教信徒的偏见。你会发现有许多百万富翁说话时没有贵族口音。你会发现那些小店主虽然收入远远没有砌砖匠多，却自认为（别人也这么认为）他们的社会地位要比砌砖匠来得高一些。你会发现统治印度各行省的人都是些寄宿学校的毕业生，而公学毕业的人在兜售吸尘器。如果社会分层完全取决于经济分层，那么当公学的毕业生收入少于两百英镑一年时，他就会马上操着一口伦敦东区腔，但他会吗？相反，他的口音会比以前更像公学的毕业生。他紧紧地系着母校的领带，似乎当成了救命绳索。而那些不会上流社会口音的百万富翁，虽然他们有时会请演说家指导英国广播电台的口音，但很少有人能学到惟妙惟肖的地步。事实上，在文化上要摆脱你所出生的阶级是一件非常困难的事情。

随着大英帝国繁荣不再，社会阶层的紊乱就越发普遍。不会上流社会口音的百万富翁不会增加，但会有越来越多的公学的毕业生在兜售吸尘器，越来越多的小店主沦落到进收容所的地步。许多中产阶级人士逐渐沦为无产者，但重要的是，他们看上去并不像无产者，至少在第一代人是这样。以我为例子吧，我出生于资产阶级家庭，却只有工人阶级的收入。我属于哪个阶级？从经济角度上看，我属于工人阶级，但我只会认为自己是资产阶级的一员。假如我必须选择一个阵营，我会选择和那些一直在压榨我的上流阶级在一起呢，还是和行为举止差异很大的工人阶级在一起呢？对我而言，在重大问题上，我会与工人阶级站在同一阵线。但有成千上万的人情况和我差不多，他们会如何作出选择呢？另外一个更加庞大，人数多达数百万的阶级呢？——那些办公室白领和各行各业穿着黑西装的雇员呢？——他们或许称不上是中产阶级，但如果你称呼他们为无产者，他们可不会对你表示谢意。这些人和工人阶级一样，有着共同的利益和共同的敌人。他们都是被这个社会体制所剥削压迫的人，但有多少人意识到这一点？在要紧的关头，他们几乎都会和压迫者站在同一阵线，与原本应该是他们的盟友的人作对。很容易想象，一个中产阶级人士就算被压迫到沦为赤贫的境地，仍会对工人阶级充满敌意，而法西斯党派就是这么形成的。

显然，社会主义运动必须赶在为时已晚之前争取到备受压迫的中产阶级。最重要的是，社会主义运动必须争取到办公室的工人，因为他们人数众多，如果能团结在一起，将极大地增强势力。但显然迄今为止这并没有实现。文员和旅行推销员是最缺乏革命思想的人。为什么？我认为很大程度上是因为社会主义宣传中的"无产阶级伪善"。为了突出阶级之间的斗争，"无产者"一直被描绘成为肌肉饱满却被践踏蹂躏的男性角色，穿着油腻腻的工装服；与之形成鲜明对比的是"资本家"，一个肥头大耳狡诈邪恶的男人，戴着高礼帽，穿着貂皮大衣。我们以为在这两种人之间没有其它阶层，而真相当然是，像英国这样的国家，有四分之一的人口是处于这两种典型人物之间的中间阶层。如果你要宣扬"无产阶级专政"，首先你要做的，是解释清楚无产阶级指的是哪些人。但由于社会主义者将体力劳动者进行了理想化的拔高，到底无产阶级指的是哪些人这个问题一直弄不明白。那些可怜巴巴的小职员和售货员实际上挣的钱还不如矿工或码头工人多，但他们当中有多少人会认为自己是无产阶级的一员呢？一个无产者——他们接受了这样的观点——指的是没有戴领子的人。因此，当你和他们大谈"阶级斗争"，想感化他们，却只能将他们吓跑。他们忘记了自己收入有多少，只记得自己的口音，飞奔着去捍卫正在压迫他们的剥削阶级。

　　社会主义者们任重而道远。他们必须清楚无疑地在剥削者与被剥削者之间划清界限。这是一个事关原则的事情，最重要的一点是，所有收入微薄、朝不保夕的人都应该同舟共济，站在同一阵线进行抗争。或许，我们可以少谈一些"资产阶级"和"无产阶级"，多谈一谈剥削者与被剥削者。但不管怎样，我们必须摒弃会让人产生误会的空谈，说什么只有体力劳动者才是无产阶级这样的扯淡。我们的阵营必须包括文员、工程师、旅行推销员、"破落的"中产阶级人士、乡村杂货店主、低层公务员和其他形形色色的人士，承认他们也是无产者，让他们知道社会主义不仅是搬运工人和产业工人的福音，同时也是他们的福音。我们不能让他们以为阶级斗争是一帮操上流社会口音的人和另一帮不操上流社会口音的人之间的斗争，因为要是他们真的这么想的话，他们就会加入操上流社会口音的人那一边。

我想说的是，现阶段不同阶级的人应该团结一致，求同存异。这听起来似乎很危险，似乎就像约克公爵的夏令营，又像是让人提不起劲的空谈，说什么阶级合作，并肩对抗的无趣的纲领，那些都是往眼里揉沙子的伎俩或法西斯主义，或两者皆是。利益背道而驰的阶级之间是不可能进行合作的。资本家是不可能与无产者合作的。猫是不可能和耗子合作的，如果猫提出合作，而耗子傻乎乎地同意了，过不了一会儿它就会被猫吞进肚子里。但是，如果是基于共同的利益，合作则可以进行。那些对老板阿谀奉承的人和那些一想到房租就头大的人其实能够齐心协力，共同合作。这意味着小业主必须和厂里的工人合作，打字员和矿工合作，校长和修车工人合作。如果能让这些人明白利益的所在，让他们进行合作是有希望的。但假如他们当中有些人怀着严重的社会偏见，对他们的影响不亚于经济利益的考量时，合作就不可能进行下去。毕竟，银行职员和码头工人在举止和传统上确实存在着真正的差异，而且银行职员打心眼里带着优越感。以后他们必须克服这种心理，但现在不是让他们这么做的好时机。这种毫无意义而刻板僵化的对资产阶级的挑衅几乎是所有共产党宣传工作的一部分内容，如果能够暂时停止，将会大有裨益。在左翼团体的思想和宣传作品中，从《工人日报》的社论到《新闻纪实报》的漫画专栏——总是有一股反上流社会的传统，总是对小资情调和价值观（用共产主义的术语来说，是"资产阶级的价值观"）进行非常不着调的嘲讽。这些嘲讽大部分内容很无聊，大部分来自于资产阶级的挑逗者，而他们本身就是资产阶级，但是，这些内容非常有害，因为这让枝末小节影响了革命的大局，将我们的注意力从最重要的事实引了开去，即贫穷就是贫穷，无论劳动的工具是锄头、斧头还是自来水笔。

我要再一次重申，我出生于中产阶级，每周林林总总的收入只有三英镑。让我加入社会主义的阵营总比将我逼成法西斯主义者来得好一些。但如果你总是以"资产阶级意识形态"为借口欺负我，如果你总是让我觉得我是个卑劣的人，就因为我从未干过体力劳动，你只会让我产生敌对情绪，因为你在指着我的鼻子，告诉我要么我是一个天生一无是处的人，要么我必须端正自己的行为，而这超出了我的能力范围之外。我没办法让自己的口音、品味或信念变得像无产者们一样，而且就算我做得到我也不愿意去做。凭什么我得这么做？我不会要求别人说话时带着我的口音，凭什么别人要我说话时带着他们的口音？接受这些阶级的差别，不要反复强调它们是更明智之举。这些差别就像人种差别一样，而过往的经验表明我们可以与外国人合作，在有必要的情况下，甚至可以和我们不喜欢的外国人合作。在经济状况上我和矿工、搬运工和农场帮工一样困窘，我愿意和他们并肩奋斗。但在文化教养上我与矿工、搬运工和农场帮工不是一类人，如果你一再强调这一点，你是在逼着我与他们为敌。如果我只是一个孤例，这并不是什么大不了的问题，但其他无数人的情况与我类似。每个日夜都在担心会被解雇，每个战战兢兢害怕破产的小店主和我的情况是一样的。他们是没落的中产阶级，大部分人都在维持着表面的风光，认为这是让他们不至于沉沦的救命稻草。让他们抛下这根救命稻草是不明智的举动。在接下来的几年里，可能会有大批大批的中产阶级人士突然毅然决然地投奔右翼团体。这样一来，他们或许会变得非常强大。迄今为止，中产阶级一直不成气候，因为他们从未学会团结，但如果你把他们吓坏了，团结起来一致反对你的话，你或许会发现自己亲手培育了一头恶魔。在此次大罢工中我们已经略见端倪了。

总而言之，除非我们能组建务实能干的社会主义政党，否则在本书前面的章节里所描述的情况将不可能得以改善，也不可能从法西斯主义的魔掌中将英国解救出来。这个政党必须怀着真正的革命目标，而且在人数上必须占据优势才能够成事。而要做到这一点，我们必须提出能真正吸引群众的目标。因此，我们最迫切需要的是明智的宣传政策。我们要少一些"阶级意识"、"对剥夺者的剥夺"、"资产阶级意识形态"和"无产阶级团结一致"这样的空谈，更不要提什么神圣的兄弟姐妹之情、思想观点、对立面、综合体这些废话，要多宣传一些公正、自由和失业的危机。我们要少说一些机械化进步、拖拉机、第聂伯河大坝和莫斯科最先进的三文鱼罐头工厂，那些事情并不是社会主义信条不可或缺的一部分，只会让很多人放弃社会主义，而社会主义事业需要他们，包括那些以笔谋生的人。有两件事必须让公众清楚地知道：其一，所有受剥削压迫的人们利益都是一致的；其二，拥护社会主义并不意味着放弃体面。

至于那个关于阶级区别的棘手问题，当前唯一可行的政策是奉行怀柔，尽量不要把更多的人给吓跑。最重要的是，不要再假惺惺地进行打破阶级隔阂的活动。如果你是资产阶级人士，不要太热情地冲上前去拥抱你的无产阶级兄弟。或许他们不喜欢这样。如果他们表示不喜欢，你或许会发现你的阶级偏见并非想象中的那么死板。如果你属于无产阶级，无论你出身就是无产者还是蒙上帝所赐成为无产者，请不要动不动就嘲讽公学毕业生的做派。它蕴含着忠诚，而如果你知道如何应付的话，它是可以为你所用的。

当社会主义是一个鲜活的话题，成为许多英国人真心关注的问题时，我相信阶级区别这个问题将能比现在所想象的更加顺利地得以解决。接下来的几年里，成立一个卓有效率的社会主义政党将是我们的奋斗目标。如果做不到这一点的话，法西斯主义将获得胜利，或许那将会是带有英国特色的法西斯主义，有教养的警察部队代替了纳粹党卫军，狮子和独角兽①取代了纳粹的卐字徽。但如果到了那一天，斗争将会爆发，我们的财阀统治阶级可不会甘愿屈从于真正的革命政府。那时候各个社会阶级将组建起真正的社会主义政党并肩作战，对彼此的观感将大为改观。到那时，或许这种可怕的阶级偏见将会渐渐消失。我们这些没落的中产阶级——私立学校的校长、饥肠辘辘的自由撰稿作家、领 75 英镑年金的嫁不出去的上校的女儿、失业的剑桥毕业生、没有军舰的海军军官、文员、公务员、旅行推销员以及乡村市镇破产的布商——将沦落到与工人阶级为伍的地步，或许，我们会发现这其实并不像我们之前所担心的那么可怕，因为，说到底，我们所失去的，只是我们那装腔作势的口音。

---

① 狮子与独角兽是英国国徽上的两只动物，狮子代表英格兰，独角兽代表苏格兰。

作品题解

背景介绍：

1936 年奥威尔向出版人维克多·戈兰兹投出《让叶兰继续飘扬》的手稿后，戈兰兹邀请奥威尔撰写一部关于英国北方工业地区失业和经济状况的社会报告。1936 年 1 月 31 日到同年 3 月 30 日，奥威尔赴威根、巴恩斯利和谢菲尔德考察调研。从 1936 年 4 月到年底，奥威尔在赫福特郡的一个小村庄租了一间屋子，开始撰写《通往威根码头之路》，同时将小屋改造成一间杂货店，经营副业维持生计。《通往威根码头之路》于 1937 年出版，是纪实文学报告和政治杂文的合集，本书的第一部分记载了他在兰开夏和约克夏这两个北方工业区进行社会调查的报告。第二部分是他对中产阶级的政治态度和英国民众对社会主义的观感的思考总结。由于对英国社会主义的批判过于尖锐，出版《通往威根码头之路》的维克多·戈兰兹原本只想刊登本书的前半部分以免得罪左翼群体，但奥威尔坚持希望出版全文，无奈之下，戈兰兹只得在前言中声明是奥威尔坚持要出版全文，而他的意见并不代表出版社的立场和初衷，自从两人心生龃龉，渐行渐远。

关于这本书的名字为什么会出现码头（pier，在英语中带有海滨度假胜地的意味）二字，在 1943 年的一次电台采访中，奥威尔曾提到："恐怕我只能告诉你威根码头没有了。我在 1936 年专程到那里一趟，但我找不到它。但它确实存在过，从照片上看，应该有二十英尺长……威根位于产煤区的中部，那里的风景几乎就只有煤渣堆，它总是被当作工业地区丑陋景象的一个标志代表。在流经小镇周围的几条污浊的运河上，有几座用木头搭建的摇摇欲坠的驳船停泊和装卸的船坞，某一个被人们戏称为威根码头，这个笑话被写入音乐厅的搞笑歌词里，通过这种方式，威根码头这个名字自此传了开去。"

时至今日，仍有游客慕《通往威根码头之路》之名到当地参观。曾负责威根码头之旅的经理卡罗尔·提尔德斯利表示："感谢奥威尔指出我们的所有缺点似乎是很可笑的事情，但没有他，威根的名气不会这么大。乔治·奥威尔可是很有效的营销手段。"

内容梗概：

《通往威根码头之路》以北方城镇布鲁克夫妇经营的一家廉价寄宿旅馆为开始，生动地描写了英国底层人物的生活百态：旅馆及副业内脏店肮脏无比的环境、整天算计客人的房东夫妇、结不起婚而鄙夷婚姻的乔伊、得了绝症却没有家人照顾的胡克老头、被哄骗到旅馆里最好的一张床就寝的旅行推销员等。这种令人毛骨悚然的环境被众人视为平常。最后，奥威尔被饭桌下一个满满的夜壶所刺激，逃离了旅馆，继续上路出发。

然后奥威尔描述了英国煤矿工人的工作环境（每天上班前要在低矮的矿道走三到五英里路、高强度的体力劳动、频繁发生的各种矿难），以入木三分的笔触描写了矿工们工作的辛劳和危险。接着奥威尔剖析了矿工的真实收入，驳斥了当时广为流传的"矿工们享受高薪酬"的不实传闻。随后，奥威尔考察了工业区房屋紧缺的问题，并列举了许多具体的个案，并将市政公屋与贫民窟进行比较，敦促政府在改善居住条件之余要考虑到民生和尊严。同时，奥威尔对威根的失业状况进行了介绍——失业问题在战后的英国格外突出，大量有劳动能力的人只能靠政府救济勉强度日，对国民的健康、生活态度和价值观造成了极为严重的破坏——并对威根特有的"抢煤渣"风俗进行了记述：整整一个下午，数百个男男女女冒着生命危险和严寒，为的就是抢到价值9便士的劣质燃料，而矿场里堆满了卖不出去的原煤。随后，奥威尔开始探讨英国南方和北方的地域歧视以及工人阶级有别于中产阶级的乐观态度和积极精神面貌。奥威尔还指出，他支持社会主义，但英国的社会主义运动出现了偏差，英国民众对那些夸夸其谈只会空喊口号而且行事乖张的理论家特别反感，而且那些出身中上层阶级的知识分子无法摆脱与生俱来的举止、态度和价值观的影响，不能放下身段深入了解民众的呼声和愿望，与他们亲密无间地共同奋斗，反倒以居高临下的姿态与人民貌合神离。更重要的是，面对法西斯主义疯狂而有效地煽动起民众改变现状的愿望从而达到自己的政治目的，英国社会主义运动应该反省其斗争策略，否则将为时已晚。

作品评论：

同时期对《通往威根码头之路》的评论无不盛赞该书第一部里对矿工的工作和生活细致深入的描写。埃迪丝·西特韦写道："……开头所描写的恐怖情状是无可超越的。他（奥威尔）做了恩格斯在十九世纪中叶所做过的事情，只不过，奥威尔是一位天生的作家，而恩格斯，虽然怀着炽热的激情和卓越的思想，却称不上是一位作家。"

左翼书社的创始人之一，伦敦经济与政治学院教授哈罗德·拉斯基在《左翼新闻》里发表评论，表示"第一部是宣扬我们的理念的极佳的宣传材料……但和许多怀着善意的人一样，奥威尔先生并没有给出治病的良方，却念起了咒语。他认为以'自由和公正'为名义发起呼吁就能够吸引人们投身社会主义运动，这是非常幼稚的谬论，要不是看到有许多人也认同奥威尔先生的观点，我本认为并没有必要对它作出解释。它的根本谬误在于，他以为我们所说的自由和公正是同一回事，但我要重点指出：情况根本不是这样。"

《通往威根码头之路》开启了一扇让英国左翼人士了解他们所不熟悉的世界的窗口，展现了大萧条下英国北方矿区破败凋零的景象。它并非学术意义上的社会调查文章（没有问卷或详尽的客观描述、没有统计意义上有代表性的样本等），只是奥威尔本着自己的人道主义精神深入实地进行考察后撰写的纪实性文学报告。但与冷冰冰的数字和图表报告相比，《通往威根码头之路》最突出的特点就是它的文学价值和思想高度。

走访英国北方矿区的旅程，促使奥威尔总结了社会主义在英国遇到的几个困难：

1. 社会阶层的扭曲和偏见导致中产阶层对工人阶级充满赤裸裸的敌对情绪，他们所接受的熏陶令阶级差别似乎成了无法逾越的鸿沟。

2. 英国本土的知识分子对大英帝国剥削殖民地的虚伪态度。他们只会在口头上批判殖民主义的罪恶，却不愿意接受英国失去殖民地后将承受的困难。

3. 中产阶级人士从信奉社会主义到在现实中碰壁，否定社会主义甚至信奉法西斯主义的转变是非常轻易就会发生的事情。

4. 群众对伪装成社会主义的各类半吊子唯信仰论思想的厌恶，而许多自称是社会主义者的人其实只是希望投机革命。

5. 社会主义总是和机器文明的发展联系在一起，不仅视机器文明为必要的发展阶段，更将机器文明视为终极阶段，几乎成了一种宗教，而社会主义的根本宗旨——公正与自由却被遗忘。

6. 英国社会被人为片面地割裂为工人阶级和资本家两个极端对立的群体，却忽视了文员、工程师、旅行推销员、"破落的"中产阶级人士、乡村杂货店主、低层公务员和其他形形色色的人士，他们也应该认同社会主义将为他们带来福音。

为了解决这些问题，有志于为社会主义目标而奋斗的人士不应该坐而论道，当空谈的改良家或革命家，而是应该走出书斋，实地考察民众生活的现状，了解他们的愿望和要求，从改良工作条件、改善饮食、提供失业帮助等具体的小事做起。在面临与民国时期的中国所经历的"问题与主义之争"相类似的问题时，纯朴的奥威尔希望能问题和主义两手抓，而他的初衷的出发点，正是他对进步与公正的真挚向往和真诚的人道主义精神。他的描写时至今日仍有着深刻的警惕意义：虽然煤矿业在英国已经被边缘化，在30年代一度达到80万的就业规模锐减至如今的4 000人，英国矿工的收入和待遇都达到了国家中等水平，而且机械生产和安全规章的完善使得矿工的安全和健康得到了保障，但世界范围内生活在《通往威根码头之路》所描述的工作条件和环境中的矿业工人和产业工人仍比比皆是，几代社会主义者所努力追求的自由与公正，让每个人作出自己应有的贡献并获得自己应得的报酬的理想国度仍未能真正到来。